前世は冷酷皇帝、今世は幼女

ZENSE HA
REIKOKU KOUTEI,
KONSE HA YOUJO

まさキチ
Masakichi
illust. 胡宮

登場人物紹介

CHARACTERS

クロード

前世においてユリウスが
絶対の信頼を置いた側近。
圧倒的な戦闘力と
沈着冷静な判断力を持つ。

ユーリ

本作の主人公。
数多《あまた》の屍を積み上げ、
大陸を統べた冷酷皇帝ユリウスが
病弱な貴族令嬢に
生まれ変わった姿。

ハウゲン侯爵
帝国の大貴族。
金と権力に物を言わせ、
幼子を手籠めにしている。
ミシェル
クロードの家の世話をするメイド。
思い込みは激しいが、
家事能力は一流。
アデリーナ
帝国でもトップクラスの
強さを誇るAランク冒険者。
ルシフェ
孤児院に住む女の子。
舌足らずな可愛らしい喋り方で
周囲を惹きつける。

◆◆第一章　冷酷皇帝は幼女に転生する◆◆

「ユリアナ、お前の嫁《とつ》ぎ先が決まった」

まるでお人形《ビスクドール》のよう。

ほっそりとした未成熟な身体ではあるが、整った顔立ちにサラリと肩まで伸びた銀髪。その瞳は青翡翠《あおひすい》を磨《みが》き上げたかのように透《す》き通っている。

将来、絶世の美女になると約束された――


――ユリアナ・シルヴェウス。


まだ八歳の彼女は、父であるシルヴェウス伯爵《はくしゃく》から執務《しつむ》室に呼び出された。華美な調度品に重厚な執務机は見栄《みえ》と権勢を象徴し、備え付けられた大鏡と同じく、伯爵という人物を映している。

病弱なユリアナが父に呼ばれることは滅多《めった》にない。彼女はメイドに連れられて来たが、不安に揺《ゆ》れる心と同様に、身体もかすかに震えている。

父は歪《ゆが》んだ笑顔で、なんの前触れもなく縁談を告げる。

「お相手はハウゲン侯爵だ。喜べ、侯爵がお前のことを見初《みそ》めてくださったのだ」

まだ年端《としは》もいかぬ幼女。そう言われて、喜べるはずがない。ましてや、侯爵を知る者であれば、喜ぶどころか絶望するしかない。

――ハウゲン侯爵。

豚のように肥《こ》え太り、下卑《げび》た顔は油でテカテカとぬめる。ユリアナとは三〇歳以上も年の離れた男だ。彼の性癖《せいへき》、幼女趣味は広く知られている。

すでに二〇人以上の幼女・少女が彼のもとに嫁《とつ》がされた。権力に、金に物を言わせて、気に入った幼子を手籠《てご》めにするのだ。最年少は六歳とも言われる、筋金入りの変態だ。

まともな親であれば、愛娘《まなむすめ》をそんなところに嫁がせようとは思わない。

シルヴェウス伯爵が嫁ぎ先を決めたのは金が理由。伯爵家のさらなる繁栄《はんえい》のために、彼女は売られたのだ。

「もちろん、断っても構わない。その場合、お前は絶縁。平民落ちだ。好きな方を選ぶが良い」

幼き貴族令嬢が家を追い出され、平民となって生きられるわけがない。選べと言いながら、実質的には命令だ。だが、それを突きつけられた、その瞬間――

ユリアナは固まり、心の底から湧き上がる衝動とともに、大きく目を見開いた。父の言葉に絶望したからではない。前世の記憶を取り戻したからだ。

――冷酷皇帝ユリウス・メルヴィル。

血によって染め上げられた人生。数万、数十万の死体を積み上げて、大陸の覇者《はしゃ》となった男だ。

ユリウス帝の記憶が今、幼いユリアナの身体の中で蘇《よみがえ》った。記憶は完全ではない。ところどころが欠けており、特に、いつ、どこで、どうして死んだのかは、まったく思い出せない。

ただ、自分でも理由は分からないが、幼い身体に生まれ変わったと確信できた。

自分が死ねば地獄堕《じごくお》ちは間違いない。地獄の鬼どもも相手にひと戦《いくさ》、仕掛ける気でいたユリウスだったが――

（神の気まぐれだかなんだか知らんが、どちらでも構わん）

「答えは決まっておろう。さあ、どちらを選ぶのだ？」

伯爵は追い詰めるように迫るが、ユリアナを見て思わず顔が引きつる。目の前にいる幼女が自分の娘だとは思えなかった。

さっきまではよく知る娘だった。だが、今、目の前にいるのはいったい、何者だ……。

壮絶《そうぜつ》な凄《すご》み。魔獣《モンスター》よりも獰猛《どうもう》な、喰《く》い殺されそうな重圧に冷や汗が流れる。

「ああ、もちろん――」

ユリウスは胸元の首飾りを引きちぎる。大きな紅《あか》い宝石が嵌《は》められた首飾りは、亡《な》き母から受け継いだもの。シルヴェウス家の令嬢であることを示す証《あかし》だ。

震え上がる父に向かって首飾りを投げつける。

「願い下げだ。こちらから絶縁してやろう」

首飾りが伯爵にぶつかり、額が裂《さ》け、多くの血が流れ滴《したた》る。すぐに手当てが必要な大怪我《おおけが》だったが、痛みよりも恐怖が上回った。伯爵は叫ぶこともできず、「あっ、あぅ」と潰《つぶ》れたような声を出すだけだ。

それでも、この程度で済んで幸運だったと言えよう。ユリアナの身体とユリウスの意識とが、まだ上手く馴染《なじ》んでいなかったからだ。

もし、ユリウス本来の力が発揮されていれば、間違いなく伯爵の首は床に転がっていた。

もう、この男にも、この家にも用はない。さっさと立ち去るだけだ。

(しかし、その前に――)

ユリウスは睨《にら》み、殺気を放つ。娘を売る父親に向けて。

「ヒッ……」

それだけで伯爵は泡を吹いて、失神した。その余波で部屋にいた執事長とメイドたちも、腰を抜かしてガクガクと震える。

ユリウスはすぐに決断した。分からぬものは分からぬ。考えても無駄《むだ》。直感に従うのみ。

それが大陸を制した男の生き方だ。ユリウスは伯爵には目もくれず、その場を後にした――

†

執務室を出たユリウスは、脇目《わきめ》も振らず廊下を進んでいく。

身につけているのは、彼女の瞳に合わせた空色で三段に重ねられた白いフリル付きのティアードドレス。貴族令嬢に相応《ふさわ》しい装飾過多で動きにくいドレスだ。

ふわりと広がったスカートをつまみ、軽く走るくらいの速さで足を動かす。以前の病弱なユリアナであれば、こんな速さで歩くのは不可能だ。

だが、皇帝としての、戦場の覇者としての身体の動かし方を思い出した今、少し鬱陶《うっとう》しい程度で、なんら問題は……深い絨毯《じゅうたん》に足をとられ、転んでしまう。

それでも、スカートを掴《つか》んでいた両手が咄嗟《とっさ》に前に出たので、顔を打ちつけるのはなんとか避けられた。

(やはり、違和感がある。早いところ、この身体に慣れねばな)

立ち上がりながらも、自分の身体への不満をもらす。

――常在戦場。

前世では、いつ、どんな状況で襲われても、反射的に身体が動いた。そうでなければ、生き残れなかった。だから、身体を十全に使いこなせない今の状態は、どうにも落ち着かない。

起き上がったユリウスは、先ほどより少しペースを落として歩き出す。頭の中で、ユリアナという娘の記憶をたどる。貴族令嬢としての教育で、地理や歴史の知識はある程度備わっているようだ。

(この娘の記憶によれば、この世界はずいぶんと平和ボケしているようだ。それにどうやら、前世

からだいぶ時間が経過しているらしい）

ただ、その間にユリウス帝がどうなったのか、ユリアナの記憶からは不明だ。

（まあそれは、おいおい考えれば良い）

今の自分に何ができるか、何ができないか、確認するのが最優先だ。廊下を歩きながら、手のひらに魔力を集める。

（ほう。これは……）

ユリウスは感嘆《かんたん》する。

確かに、現時点で使える魔力は心許《こころもと》ない。前世の膨大《ぼうだい》な魔力量に比べれば、限りなくゼロに近しい。だが、『魔核』――心臓の裏にある魔力を生み出す器官――は前世のそれと良く似ていた。

育て上げれば、前世に比肩する強さを得られるだろう。

（これは鍛《きた》え甲斐《がい》があるな）

ユリウスは体内の魔力を確認し、さっそく魔法を発動する。

「――【身体強化《ライジング・フォース》】」

『魔核』から発せられた魔力が彼女の全身を包み、ほのかに白く光る。前世と同じ、白い魔力だ。光はすぐに消えるが、さっきよりも速いペースで歩けるようになる。

廊下にいたメイドたちは彼女の姿を認めると、驚きに目を見開き、無意識のうちに跪《ひざまず》いていた。

今まではあり得なかった光景だ。皇帝の気迫に、身体が勝手に反応したのだ。止められる者は誰もいない。その様子をさも当然と、廊下を突き進んでいく。そこに後ろから声がかけられる。

「おっ、お嬢様。お待ちください」

執事長だ。老齢の彼は急に走ったことで息が上がっている。青ざめた顔には、ユリアナへの心配がはりついていた。

(ほう。もう立ち直ったか)

殺気を浴びたばかりなのにもかかわらず、すでに立ち直った執事長に感心する。ほんのわずかな殺気だったとはいえ、なかなかの者だ。加えて、ユリアナをどれほど大切にしているかが、その瞳から一目瞭然《いちもくりょうぜん》だ。

しかし、もう関係ない相手だ。そう思ってユリウスが無視しようとしたところで、ユリアナの記憶が蘇る。

母は彼女を生むとすぐに亡くなった。父である伯爵は彼女を政略の道具としか考えていない。たった一人の兄は彼女に優しかったが、王都にいるため滅多に会えない。

そんな中、執事長を含む館《やかた》の者は、彼女を大切に扱い、不遇な彼女を労《いたわ》ってくれた。ユリアナにとっては大切な心の支えだった。彼らがいなければ、ユリアナは心を閉ざした人形になっていただろう。

故《ゆえ》に足を止め、振り返る。

「お嬢様……」

執事長は彼女が自分の知るユリアナではないと、すぐに悟《さと》る。

「あなたはいったい……」

「心配するな。今の余《よ》は、無力で守られるべき幼子ではない。理由は話せぬが、自分の身は自分で守れる」

その言葉は執事長の心にストンと落ち、不安が薄まっていく。

「そなたらには、世話になった。その忠義は決して忘れぬ。落ち着いたら、一度、顔を出す。それまで息災であれ」

古めかしい言い回し。

確固と揺るがぬ自信。

人を従える者の風格。

どれをとっても、執事長の知るユリアナからは程遠い。

だが、彼はそこに、彼女の面影《おもかげ》を感じとった。

「お嬢様、どうかご無事で……」

執事長は深々と頭を下げる。

ユリウスは踵《きびす》を返し、前に進む。過去を断ち切って。

屋敷を出たユリウスは、まっすぐに厩舎《きゅうしゃ》に向かった。

獣《けもの》と干し草と糞尿《ふんにょう》の混ざった臭《にお》い。貴族令嬢であれば、顔を背《そむ》け、鼻を摘まみ、決して近づこうとはしない場所だ。だが、皇帝にとって、馬はともに戦場を駆けた相棒《あいぼう》だ。不快どころか、むしろ、懐《なつ》かしい臭いだった。

厩舎に入った彼女は馬の世話をしている少年たちの横を素通りし、一頭の馬の前で立ち止まった。遠くから見たことしかないご令嬢の突然の登場に、少年たちは手を止めて呆気《あっけ》にとられる。

「うむ。なかなか良い馬だ」

前世の愛馬とは比べ物にならないが、伯爵家で一番の白馬だ。

彼女と目が合うと馬は静かに首を下げて、服従の意を示した。

本能によって、人間よりも敏感《びんかん》に、彼女の本質を悟ったのだ。

ユリウスは近くにいた少年に命ずる。

「鞍《くら》と手綱《たづな》を用意せよ。鐙《あぶみ》はいらん」

少年はユリウスに気圧《けお》される。深窓《しんそう》のご令嬢であるはずの彼女から感じられたのは、騎士団長のような威圧感《いあつかん》。可憐《かれん》な姿から発せられる凛々《りり》しい声に、すぐには動けなかった。

「早くせよ」

少年は「はっ、はい」と慌てる。頭では理解が追いつかないが、命令に従わねばと身体が動いた。

用意が整うと、彼女は白馬の背に飛び乗り、白馬にも強化魔法をかける。

「さあ、出発だ」

ユリウスが手綱に魔力を流すと、白馬は「ヒヒーン」と嘶《いなな》き、駆け出した。

†

シルヴェウス伯領都から東に延びる街道がある。

風が強い日には砂埃《すなぼこり》が舞うが、今日の風はおとなしく、躍《おど》る砂は駆けるユリウスの後をついてくるだけだ。

街道は馬車がすれ違えるだけの幅があり、降りしきる雨の中でも、今日のように晴れ渡った日でも、多くの旅人や商隊の馬車が行き来している。

【身体強化】で強化された白馬は、彼らを追い抜かし、彼らを驚愕《きょうがく》させ、彼らを置き去りにする。

「ご苦労」

ユリウスは上体を前に倒し、たてがみを優しくなでる。

人間に対しては冷酷で容赦《ようしゃ》なき皇帝ユリウスだったが、動物やテイムした魔獣には優しかった。

人間と違って、どちらが上か分からせれば、絶対に歯向かわないからだ。

人間は愚《おろ》かだ。彼我《ひが》の力の差も計れず、自滅《じめつ》する。

皇帝ユリウスにとって、人間は二種類しかいなかった。すなわち——敵か、臣下《しんか》か。

上に立つ者も、並び立つ者も存在しない。絶対的支配者として孤独の中に生きていた。信頼はできても、信用はできない。人間よりも、動物の方がよほど心許せる存在だった。

「もう大丈夫であろう」

ここまで来れば、追っ手も追いつけまい。ユリウスは手綱を緩《ゆる》め、馬から降りる。

街道に沿った森は奥へと小道が続いている。ユリウスは馬を引き、水音に向かって小道を進む。

梢《こずえ》の揺れる音と獣が立ち去る音が、ユリウスの耳に心地よく響いた。

緑を抜けると、視界が広がり、その先に川が流れていた。ここは旅人が休息するために造られた場所であるが、人間でなく獣も集まる。ユリウスの気配に大きな獣は逃げてしまい、数羽の小鳥が水を飲んでいるだけだった。

背筋をさすると、白馬は首を下げ、川の水を飲み始める。これがここに来た目的のひとつだったが、もうひとつの目的がある。

ユリウスもその場に屈《かが》み、手で掬《すく》った水を一口飲み、川面に映る幼女の青翡翠色の瞳に焦点を合わせ呟く。

「おるのであろう？」

（…………）

水音でかき消えてしまう小声は、川に向けたものではなく、自己の内面に向けて発せられたものだ。

「だんまりか。それでも構わぬが？」

（………あなたは……誰？）

自分の内側から声が聞こえる。恐る恐る発せられた声は、本来の身体の持ち主《ぬし》――伯爵家令嬢ユリアナのものであった。

「余か？」

（余だって……お伽話《とぎばなし》の皇帝陛下みたい）

「皇帝か。そうだな、余は皇帝だった者だ。だが今は……」

元皇帝は、しばし考える。

ユリウスにユリアナ……ならば、ユリ、いや、こちらの方が良い。

「余の名はユーリだ。これからはその名で生きていくとしよう」

（ユーリおねえちゃん？）

「ああ、それで構わん」

（分かったよ、ユーリおねえちゃん）

「喉《のど》は渇《かわ》いておるか？」

（カラカラだよー）

「やはり、そうか」

三日三晩、飲まず食わずで戦い続けたことのある皇帝にとっては、この程度は渇きのうちにも入らない。だが、幼い令嬢にとっては厳しいだろう。

ユリアナが満足するまでユーリは水を飲み続けたが――

「ずいぶんと飲んだな」

（うう……ごめんなさい）

しおらしい声でユリアナが返事をする。

生まれてこの方、喉の渇きなどとは無縁な生活を送ってきた故に、ついつい飲み過ぎてしまったのだ。

「腹がタプンタプンだ。落ち着くまで待つか」

（ごめんなさい）

「なに、気にするな。急ぐ旅でもない」

ユーリは手頃な岩に腰を下ろす。

「聞きたいことがあるのだろう？」

（ねえ、いったい、なにが起こったの？）

「余にも分からん。どうやら、死んでしまった余の魂《たましい》がそなたの身体に宿ったようだ」

（よく、分からないけど……）

急に身体が自分のものではなくなり、意識だけの存在になったのだ。ユリアナが混乱するのも当然だ。

「推測にすぎん。そなたの身体を乗っ取ってしまったことは詫《わ》びねばならぬな」

皇帝として、誰かに頭を下げたことはない。だが、誰かの身体を奪うという初めての体験にはさすがに思うところがある。いくら、自分のせいではないといっても、身体の持ち主に引け目がある。

しかし、ユリアナは怒るのではなく、ユーリに感謝していた。

（ううん。ありがとう。あのままだったら、わたし……）

ユリアナの恐怖が伝わってくる。

「ハウゲンとやらを知っているようだな」

（一回だけ会ったことがあるの）

「そうであるか」

嫌悪と恐怖に包まれた声を聞き、ユーリはそれ以上問い質《ただ》すのをやめた。

（…………）

ユリアナは黙《だま》り込んでしまった。

「案ずるな。なにが起ころうと、余が守ってやる」

（…………）

それでもユリアナの恐怖心は消えなかった。

「では、証明して見せよう」

ユーリが立ち上がると、森の中からガサゴソと複数の魔獣が現れた。

（きゃっ）

ユリアナの恐怖が一気に膨《ふく》れ上がる。

ゴブリンだ。緑色の肌をした小鬼。薄汚れた布きれを腰に巻き、手には木でできた棍棒《こんぼう》を握っている。群れて人間を襲う魔獣だ。

五体のゴブリンは森の中から現れた。いや、正確には、ユーリが呼び寄せたのだ。殺気を隠し、上等な獲物がいると勘違《かんちが》いさせて。

ゴブリンは「ギャアギャア」と叫びながら、ユーリに飛びかかろうと――

「――破ッ」

ユーリが込めた殺気はわずかなものだった。

だが、それだけでゴブリンは腰を抜かし、這々《ほうほう》の体《てい》で森の中へ逃げていった。

「この程度の魔獣は戦うまでもない。分かったであろう。余が守ってやる」

その言葉に、ユリアナの恐怖はかき消えた。

(ありがとう、ユーリおねえちゃん!)

病弱でほとんど家から出ずに育ったユリアナには友人がいなかった。ハウゲン侯爵からも、魔獣からも守ってくれる初めての――それも強い友人ができたことに、ユリアナは喜びでいっぱいだ。

「そなたの望みはできるだけ叶えてやろう。仲良くやろうではないか」

皇帝にとっての「できるだけ」は「全て」と等しいが、皇帝を知らぬ幼きユリアナはそこまでだとは思わなかった。

（うん！）

不思議な感覚であったが、ユーリにはユリアナの感情が波のように伝わってくる。

理由は分からない。そして、皇帝は考えても分からないことは考えない。そのような無駄に時間を割《さ》くのではなく、現状で最適な手を選ぶにはどうするべきか——それだけがすべてである。

大陸を制した皇帝は徹底的な現実主義者《リアリスト》であり、そうでなければ志半《こころざしなか》ばで斃《たお》れていた。

「さて、戻るか」

ユーリは街道に戻り、馬上の人となる。

先ほどよりゆっくりと進みながら、人の目があるため頭の中でユリアナとの会話を続ける。

（これから、どうするの？）

安心したユリアナには、これからを考える余裕が生まれた。

（まずは、カーティスの街に向かう。ここから一番近いうえに、良い場所なのであろう？）

（うん。何回かしか会ったことないけど、カーティス子爵は優しいおじさんだよ）

カーティスの街を治めるのはカーティス子爵である。ユリアナの記憶によると、彼は高潔《こうけつ》な人物らしい。そして、彼が治める街は良い街であるとも。

（なんでカーティスの街を知ってるの？　前世の記憶？）

（いや、ユリアナの記憶だ）

（えっ、わたしの記憶が分かるの⁉）

（ああ、ユリアナが毎晩、抱いて寝ているクマのぬいぐるみのこともな）

（えええっ、ぷうすけのことも知ってるの⁉）

（名前までは知らんかったがな）

（むぅ、もう、騙《だま》したの？）

（ユリアナが勝手に喋《しゃべ》っただけだ）

（うぅ……イジワル）

（今みたいに、すべてを知っているわけではない）

（………………）

ユリアナはへそを曲げて黙ってしまった。

だが、それも長くは続かなかった。

（でも、街でどうやって暮らすの？　おじさんのところに行くの？）

（いや、子爵の前に顔を出せば、すぐに実家に伝わる）

（だったら……）

八歳の貴族令嬢にとって、館の外は未知のもの。どこで暮らすか、どうやって暮らすか、想像もつかない。それはユーリにとっても同じようなものだった。皇帝として庶民《しょみん》は守るべき存在であったが、その暮らしぶりは数字でしか知らない。だが、ユーリにはユリアナと違って、高い適応力がある。どんな過酷で劣悪《れつあく》な環境であっても、誇りを損《そこ》なわずに生き残れるという自負がある。

（問題は路銀《ろぎん》がないことだが――）

何も持たずに飛び出してきた身だが、その程度はさしたる問題ではない。

（どんなに高潔な者が治める街であっても闇《やみ》はなくならない。そして、その闇を利用するにはこの身体はもってこいだ）

（どういうこと？）

（気にするでない。余にとっては他愛《たあい》もないことだ）

ユリアナには伝えないが、ユーリには考えがあった。

皇帝の姿では不可能だが、美しいユリアナの身体は不埒《ふらち》な者を惹《ひ》きつけるにはもってこいである。

そいつらから適当に巻き上げればいいだけだ。

トラブルこそチャンス。

ユーリは前世を通じて誰よりもそれを知っている。

（すべて余に任せ、そなたは安全な立場から眺《なが》めていれば良い）

（ユリアナ）

（ん？）

（そなたじゃなくて、ユリアナって呼んで）

（ああ、そうか。では、ユリアナと呼ぶとしよう）

（うん！）

（それにしても、ずいぶんと平和な世になったな）

これもユリアナの記憶から得た知識だ。国同士の戦争もない、魔族との戦いもない。魔獣は変わらず存在するが、前世ほどの脅威《きょうい》ではない。

（そうなの？）

（うむ。余の生きた時代に比べれば、ぬるま湯だ）

（どんななのか、想像もできないよ……）

（ユリアナの立場であれば、それも詮無《せんな》きこと）

いまいち腑《ふ》に落ちないユリアナだったが、籠《かご》の中の鳥として育てられた令嬢には理解の及ばぬ範《はん》疇《ちゅう》だ。

平和な今世をどう生きるか——ユーリはもう皇帝ではないし、この世界に対する責任もない。

（余は皇帝という立場から解放された。ユリアナも父の束縛《そくばく》から解き放たれた）

（うん。それは本当に感謝してるよ）

（これから、どうなるか、余にも分からぬ）

（心配だね……）

（先ほども言ったであろう。すべて余に任せておけば良いと）

（うん！　そうだね！）

世を統《す》べた皇帝の言葉は、幼女を納得させるに十分であった。

(先行きは分からぬが、ひとまずは流れに身を任せてみようではないか)

(うん!)

ひとつの身体に同居することになった二人の人生は、この先どうなるのであろうか。

†

白馬に跨《また》がるドレス姿の幼女を太陽は咎《とが》めず、緩やかな風が銀色の髪と戯《たわむ》れる。慣れない感覚にユーリは、煩《わずら》わしげに髪を後ろに流す。

だが、その心は軽い。ただでさえ軽い身体が、綿毛のように飛んでいきそうな軽さだった。

(うわあ。すごいね~)

ユーリにとっては、どうということのない風景だが、ユリアナにとっては全てが眩《まばゆ》い。

(ねえ、あれは?)

ユリアナに問われ、青翡翠色の瞳をそちらに向ける。

(小麦畑だ)

(へえ、あれがパンになるんだ)

一面に広がった黄金色が風になびく。生きている小麦も、それから作られる小麦粉も、ユリアナは知らない。食卓に上《のぼ》る料理としてしか知らなかった。

（こっちの木は？）

（うむ、あれは――）

そんな調子で、ユリアナが気になったものを尋《たず》ね、その問いにユーリが答える。前世とは逆の立場だ。

敵兵の数は？

この先の地形は？

あと何分で到着する？

皇帝が質《ただ》し、臣下が奏《そう》する。ユーリはそれしか知らなかった。

やがて、白い毛並みが橙《だいだい》色に染まる頃。燃ゆる空に黒点ひとつ。ユーリは空を見上げ、眉《まゆ》をひそめる。

（どうしたの？　ユーリおねえちゃん）

（ワイバーンか）

ワイバーンは遥《はる》か高く、常人であれば見落としてしまう小ささだ。だが、戦場に生きたユリウス帝は、その気配を見逃さない。ユーリが体重を後ろに傾け、手綱を引くと、白馬が歩みを止めた。

（ワイバーン？）

（亜竜《ありゅう》。ドラゴンの下位種だ）

（ド、ドラゴン⁉）

（なに、大きな蜥蜴《とかげ》にすぎん）

ドラゴンと言えば、一匹でも街ひとつ壊滅させられる。その程度はユリアナも知っている。いくら下位種とはいえ、ユリアナにとって、脅威には違いはない。唯一の救いは自分たちを標的にしていないことだ。

ユーリは黒点に視線を固定したまま、馬から降りる。あまりにも軽やかな動作だったので、馬はユーリが降りたことに気がつかなかった。

ふわりと遅れたスカートが、わずかな砂埃を立てただけだった。

（どうするの？）

（先ほど言ったであろう。余が守ってやると）

（分かった。信じる）

（この先は、カーティスの街だな？）

（うん、そうだけど……）

（余が向かう先の街に被害が出るのは許せんな）

ユーリが口にしたのは、あくまでも利己《りこ》的な理由だ。しかし言葉とは裏腹に、皇帝としての本能はまだ抜けていない。民の不幸を見逃せないという無意識の思いを、本人は自覚していなかった。

ユーリは戦闘に意識を切り替える。放たれる殺意と威圧感。木々は飛び立った鳥たちによってざわめき、地面は逃げ惑《まど》う獣によって揺れる。

（ひっ）

ユリアナが声を震わせる。

「――【身体強化】」

『魔核』から生み出された魔力の奔流《ほんりゅう》が、ユーリの身体を白く輝かせる。爆発しそうな魔力に怯《おび》え、白馬は恐れて逃げ去ってしまった。鍛えられた戦馬《せんば》ではないので仕方がない。

（さて、この身体で戦えるか。試してみるとするか）

この身体の魔力量では長持ちしない。ユーリは短期決戦を決意する。

（世を覇する皇帝の戦いぶり、とくと見るが良い）

彼女は屈み、グッと両足に力を入れ、ワイバーン目がけて跳躍《ちょうやく》――

（わあっ！）

ユリアナの驚きを聞きながら、ワイバーンの姿がぐんぐんと迫る。全長一〇メートルを超える巨体だが、ユーリは一切、臆《おく》することなく、ワイバーンを見据える。ワイバーンは小さなユーリの接近に未だ気がつかない。

彼女はワイバーンの首の横を飛び越え、クルリと一回転。巨木より太い延髄《えんずい》に強烈な浴びせ蹴《げ》りを叩き込む。

――グギャアアッ！

ワイバーンはなにが起こったのかすら分からぬまま、平衡《へいこう》感覚を失い、落下する。

——ドシィィイン。

木々が飛び散り、地が凹《へこ》み、砂埃がもうもうと上がる。ワイバーンは横たわり、ピクリとも動かない。だが、まだ終わっていない。失神してはいるが、死んではいない。ワイバーンに遅れて着地したユーリは拳《こぶし》に魔力を纏《まと》わせ、

「——破ッ」

小さな拳がワイバーンの眼に突き刺さり、拳から放たれた魔力波が脳をパァンと破裂させる。飛び散った飛沫《しぶき》がドレスをまだらに赤く染める。

ワイバーンの死を確認してから、ユーリは拳を引き抜き、拳についた返り血を振るって払う。

眼から血を流すワイバーンの死骸《しがい》。

その隣には絶世の美幼女。

血に染まったドレス。

人形のように整った顔に浮かぶ凄惨《せいさん》な笑み。

信じがたい光景であるが、むしろ、その美しさが際立つ。絵描きがいれば、すぐにでも筆を執《と》るであろう。

(なんとかなるものだな)

そう言いながらも、ユーリはふらっと膝をつく。『魔核』に残された魔力はゼロに近い。魔力を

消耗《しょうもう》しすぎたせいで、幼い身体に負担がかかったのだ。

(ユーリおねえちゃん、大丈夫?)

(心配ない。もう終わった)

(えええ……)

ユリアナは驚愕の声を上げる。もし、姿があれば、両目と口は大きく開かれていただろう。

(ユーリおねえちゃん……つよい……んだね)

(この程度で驚くでない)

ワイバーンを瞬殺したユーリだが、皇帝時代に比べると大人と赤子。全盛期の皇帝であれば、今のユーリなど指一本で倒せる。皇帝の強さはそれだけ隔絶《かくぜつ》していた。

(ともあれ、ユリアナの身体ひとつくらいは守れることが分かったであろう?)

(うん)

(安心して、余に任せよ)

(ありがとう、ユーリおねえちゃん)

ユーリは立ち上がる。そして——

「…………!」

強い気配を感じた。カーティスの街に続く道、その先から強者の気配が伝わってくる。ワイバーンなど比較にならない気配だ。

「ほう」

ユーリは逃げられないことを悟る。彼女の魔力はほとんど空《から》だ。今、戦えば絶対に負ける。迫る死を前にして、彼女は不敵な笑みを浮かべた。

そもそも、逃げるという選択肢はない。前世では何度も死を確信した。死は親しき友人のように身近な存在だった。それでも、死の女神《めがみ》は皇帝に触れられなかった。その前髪を撫《な》でることしかできなかった。

(ユリアナよ、皇帝の本気を見せてやろう。特等席だ。瞬《まばた》きひとつするでないぞ)

精神は研《と》ぎ澄《す》まされ、肌は鋭敏になり、かき集められた魔力が空気を揺るがす。どんな強敵であれ、殺される前に殺せば良いだけだ。

恐怖。それは魂の根源に刻まれた感覚。生存のために生物が身につけた本能。

内からは「ニゲロ」と告げる警鐘《けいしょう》。だが、それを飼い慣らし、極限まで昇華させれば――死を超《ちょう》克《こく》する。ユーリは恐怖を携え、死線を一歩越えた。

「…………もしや」

だがすぐに、覚悟は不必要になり、死は遠くへ飛び立ち、魂が震える。その震えは相手が近づくにつれ、激しくなる。震えているのは彼女だけではない。迫り来る相手からも伝わってくる。

ふたつの震えが波紋《はもん》となり、ぶつかり、干渉《かんしょう》し、交わり、ひとつになる。

「ユリウス陛下」

大きく黒い馬。すっかりあたりを包んだ闇に紛《まぎ》れ、ユーリのもとに現れた黒馬は彼女が求める相手ではなかった。

馬の背から飛び降りた青年こそが、ユーリの、ユリウス帝の魂を震わせた相手だった。

青年はその場に跪く。短く刈《か》られた黒髪に青い目。長身は鍛え上げられて引き締まり、精悍《せいかん》な顔つきは世の女性を虜《とりこ》にする美しさ。

黒い甲冑《かっちゅう》を身につけた男は、腰に佩《は》いていた剣を鞘《さや》ごと地面に置いた。

「クローディスか？」

「今はクロードと名乗っております」

「変わっておらぬな」

幼女姿になってしまった皇帝に対し、腹心であった彼の姿は前世からほとんど変わっていなかった。

「陛下はずいぶんとお変わりになられました」

「シルヴェウス伯爵令嬢のユリアナだ。ユーリと呼べ」

時空を超えた再会だった。二人はお互いを違《たが》えることなく認識した。

この青年は、前世をユリウス帝と共にした者。

皇帝の一歩後ろに立ち、共に戦場を駆けた一番の腹心だった。クロードは目の前にいる幼女が転生した皇帝であることに疑いを持たず、ユーリもそれを当然と認めた。

（ユーリおねえちゃん、この人は誰？）

（古い知り合いだ。敵ではない）

ユリアナに返してから、ユーリはクロードに語りかける。

「積もる話はあるが、余は現状を把握しておらん」

「お任せください」

クロードが自分の馬に近づき、その背を撫でると、黒馬はその場に膝を折る。

「お乗りください」

「うむ」

ユーリが鞍に跨がると、その後ろにクロードも乗る。

（うわっ！）

馬が立ち上がり、その揺れにユリアナがユーリにしか聞こえぬ声を上げる。

「ほう、この感じも悪くない」

「……陛下」

クロードとしては恐縮この上ない。だが、ユーリは状況を楽しむように、その背をクロードに預けた。

そうしていると、クロードがやって来た方向から、新たな気配が接近してくる。いくつもの馬蹄《ばてい》の音が、土煙と共に迫ってくる。

「クロード、大丈夫か？」

女性の声だ。その後ろに複数の馬が従っている。アデリーナというらしいその女性冒険者は、燃えるような赤髪を雑に纏め、赤いスケイルメイル姿だ。腰には二本の短剣を差した二〇歳前後の女性だった。クロードほどではないが、それなりの強さが感じられる。

「ワイバーンはどうした……って死んでる!?」

叫びながら駆けてきた彼女は、クロードの目の前で馬を止め、信じられない光景に言葉を失った。ついて来た他の者たちも武装した冒険者だ。彼らも同じようにポカンと口を開ける。

「俺が倒した」

「いや、でも……」

彼女の疑問に、他の者たちも同調する。疑うのはクロードが倒したことではなく、その倒し方だった。彼は剣士だ。その実力は折り紙付き。もし、ワイバーンの首が一刀両断されていれば、誰も驚かなかった。

だが、横たわる死骸は首の後ろが大きく凹み、片目が乱暴に潰されている。弱い魔獣ならばともかく、剣を使わずにワイバーンを倒す理由がないのだ。

「俺が倒した」

「…………」

冷たい声に答えを返せる者はいない。

「ああ、分かったよ。そういうことにしておこう」

アデリーナはこれ以上クロードと揉《も》めるべきではないと判断した。

「それはともかく……」

彼女は視線をクロードからユーリへと移す。

「この子は？」

「名は明かせぬが、とある貴族令嬢だ。故あって、俺が預かることになった」

「いや、だって……」

ワイバーンの件は、百歩譲って納得できなくもない。だが、ここに幼女がいることは、アデリーナにはまったく理解できなかった。

そもそも、クロードは自分たちと一緒にワイバーン討伐の依頼を受け、カーティスの街からやって来た。もちろん、そのときは幼女など連れていない。先を急ぎ、単騎駆けたクロードに追いついてみれば、ワイバーンは死んでおり、クロードは見知らぬ幼女を自分の馬に乗せていた。

そして、宝物を守るように、大きな身体で彼女を包み込んでいる——意味不明な状況だった。

「彼女は俺が忠義を捧《ささ》げる唯一のお方。それ以上の説明が必要か？」

ここにいるのは、アデリーナを筆頭にワイバーン相手に臆することない強者たちだ。しかし、皆、クロードの気迫に押されて口を開けない。

「後始末は任せた」

手綱を操り颯爽《さっそう》と立ち去るクロードを、アデリーナたちは黙って見送ることしかできなかった。

カーティスの街に向かって馬は走る。

「寝てしまったか」

ユーリはクロードにも届かない声で呟く。身体の持ち主であるユリアナは、いつの間にか眠りに落ちていた。そして、自分もそろそろ限界であると悟る。

「しばし眠る」

「御意《ぎょい》」

その眠りを妨《さまた》げぬようにと、クロードは静かに馬を進めた。

†

「陛下、到着いたしました」

「うむ」

ユーリが目を覚ますと、そこはカーティスの街。富裕層の巨大な邸宅《ていたく》が立ち並ぶ中、こぢんまりとした一軒家——クロードの家だ。

「ほう、ここか。悪くない」

その第一印象は質実剛健《しつじつごうけん》。庶民の家にしたら十分な大きさだが、周囲の豪邸とは比べるまでもない小さな家。一切の装飾を排した赤みがかった石造りの二階建て。知らぬ者が見たら、兵舎かと思うくらいだ。

「陛下のご趣味に合わせました。お気に召していただけるかと」

「ほう」

前世と変わらぬ彼に懐かしさを覚え、ユーリはすっと柔《やわ》らかく微笑んだ。

「ああ、気に入ったぞ」

皇帝ユリウスは華美な装飾を嫌った。

どれだけ希少で高価なものを使ったか、どれだけ手間暇をかけたか。そんなのは俗人《ぞくじん》の見栄だ。小さな自分を大きく見せようする愚かな行いだ。余の上には誰もおらん。張り合う必要なぞまったくない。そう言って、効率を最優先させた。

満足したユーリは、入り口のドアに向かって歩き出す。クロードは先回りして、ドアを開けた。

家に入ると彼女は告げる。

「まずは着替えだ。動きにくくて、どうも落ち着かん」

ヒラヒラのドレスの裾《すそ》を摘まみ、眉間《みけん》に皺《しわ》を寄せる。血で汚れていることよりも、動きにくいのが我慢ならなかった。

「どちらにいたしましょうか？」

クロードがふたつの服を見せる。男子向けと女子向けで、ともに測ったようにユーリのサイズにピッタリだ。庶民が着るようなシンプルなデザインだが、生地は一級品。着心地と動きやすさを追求したユーリ好みのものだった。

「ほう、用意周到だな」

クロードは、主君がいつ、どのような姿で現れてもいいように、男性用と女性用、すべてのサイズを取り揃《そろ》えていた。その万全さに「前世でもそうだったな」とユーリは笑う。

「せっかくこの身体になったのだ。女物で構わん」

着替えを受け取ったユーリは躊躇《ためら》わずに服を脱《ぬ》ごうとし――

「陛下」

「ん？」

慌てて後ろを向いた彼を見て、ユーリは気づく。今の自分が幼女姿である意味に。

「ああ、構わん。こんな貧相な身体で男も女もない。それとも、そなたは幼女趣味か？」

ユーリは着替えようとし、すぐに気がつく。

「女の服はこんなに面倒くさいのか」

そもそも、ドレスというものは、自分一人で脱ぎ着することを想定していない。メイドが数人がかりでやるものだ。

「クロード、手伝え」

ユーリの言葉に彼は戸惑う。しかし、皇帝の命令は絶対だ。とはいえ、彼にとっても初めての経験。なんとか苦戦しながら脱がし終わると、あらわになった肌を見ないように目を閉じた。

衣擦《きぬず》れの音。新しいワンピースに着替え終わったユーリが告げる。

「もういいぞ」

その声にクロードは振り向き、はっとする。見た目の美しさにではない。内側から滲《にじ》み出る本質は前世から変わっていなかった。どのような姿であっても、隠しきれない威厳《いげん》と高潔さ。人の上に立ち、世を統べるべき御方。クロードはあらためて、忠誠を誓う。

——今世も、我が命はこの御方のためにある。

感激している彼の心を知らず、ユーリは床に落ちたドレスを指差す。

「それは必要ない。適当に処分しろ」

「かしこまりました」

そう言いつつも、クロードは大切そうにドレスを抱える。

「では、こちらに」

そして、リビングに案内する。飾り気のない部屋に頑丈《がんじょう》なテーブルと椅子。席についたユーリに尋ねる。

「お飲み物はいかがいたしましょうか？」

「余の好みは知っておるだろ？」

「もちろんでございます」

クロードはうやうやしく頭を下げるとキッチンに向かった。

戻ってきた彼の手には、ワイン瓶《びん》が一本にグラスがひとつ。ユリウスは白ワインを好んだ。強い酒で酩酊《めいてい》するわけにはいかず、赤ワインは血を思い出させる。ツマミは必要ない。せっかくの酒の味が濁《にご》ると、ユリウスは好まなかった。

クロードは栓《せん》を抜くとワインを注ぐ。グラスの中のさざ波が収まると、ユーリの前にすっと差し出した。それが済むと、クロードは立ったまま動かない。

ユーリはクロードを見上げる。

——そういえば、こいつはこういう生真面目《きまじめ》な奴《やつ》だったな。

「なにを突っ立ってる。そなたのグラスも持ってこい」

「かしこまりました」

クロードはキッチンに向かい、もうひとつのグラスを取ってくる。ユーリを見た彼は、小さく眉を動かす。その小さな手に瓶が握られていたからだ。

「まあ、座れ」

戸惑いながらも、クロードは彼女の言葉に従う。

「ほら、グラス」

クロードが差し出したグラスにユーリが酌《しゃく》をする。その際、手が震え、ワインが少し溢《こぼ》れた。それを見つめたまま、ユーリは呟く。

「この身体は難儀《なんぎ》だな」

未だ慣れぬ幼き身体ではワイン瓶が大剣よりも重かった。自嘲気味に呟いた彼女は、クロードのグラスに自分のグラスを軽く当てる。

「新しい人生に乾杯だ」

ユーリはグラスを傾ける。そして、半分ほど飲み干し——

「むっ」

苦虫を噛《か》み潰したように顔をしかめる。

「どうなさいましたか？」

「どうも、この身体は酒精《しゅせい》を受け付けぬようだ。代わりを持て」

「承知いたしました」

吐き気を覚えるほどではないが、身体は火照《ほて》り、汗が流れ、頭はクラクラする。

「お待たせしました」

戻ってきたクロードは氷を浮かべたグラスを彼女に手渡す。それをひと息で飲み干し、ユーリは大きく息を吐いた。

「お代わりだ」

柑橘《かんきつ》の酸味《さんみ》とハーブの香りが、口の中を洗い流す。

「まさか、酒よりも果実水を好むようになるとはな……」

と自嘲気味に漏らす。

「お加減は？」

「ああ、落ち着いた。それにしても、よく出会えたな」

ユーリはユリアナの記憶によって、ここカーティスの街を目指した。他に行く当てがなかっただけで、クロードとの再会は偶然だ。

「陛下の『魔核』を見逃すわけがありません」

強い『魔核』を持つ者は、他人の『魔核』とそこから生み出される魔力を、ある程度は読み取れる。

特に、ユリウス帝はその能力に秀《ひい》でており、対面するだけで相手の強さを正確に計れた。

クロードはそこまでではないが、それでも、主君のそれを違えるわけがない。

「余が現れなかったら、どうするつもりだったんだ？」

彼は二度目の人生でも主《あるじ》に仕えるために、直感に従い今日まで万全の準備を整えてきた。確信があったわけではない。それでもクロードは待っていた。

「いつまでもお待ちいたします」

「待つといっても、出会える保証はなかろう？」

それでもクロードのやるべきは、ただひとつ。

「今世でお会いできなければ、再度、転生してお待ちいたします」

「忠義な奴よのう」

ユーリはフッと笑い、柔らかい目で、前世に思いを馳《は》せる。そして、クロードの人生についても。

「陛下――」

「ユーリだ」

これは決意表明だ。自分はもう主君ではない。二人の関係性は変わったのだと告げる発言だ。

真っ直ぐ射る彼女の視線をクロードは受け止める。

そして、彼もユーリの目をしっかりと捉える。

「失礼いたしました。ユーリ様」

「呼び捨ても構わんぞ」

「いえ……」

さすがにそれはできなかった。いずれ、できるようになるのだろうか。

「まあ、どちらでもよい」

「ユーリ様はこれから、どうなされるおつもりですか?」

「そうだな……」

思いを巡らす。前世の記憶を取り戻してから、ずっと考えていた。そして、おおよそ考えは固まっている。

「もし、今世でも覇道《はどう》を歩むのでしたら、ユーリ様の片腕となり、大陸を制してみせましょう」

真剣な目——洒落《しゃれ》や冗談でないことは、分かっている。

「いや、そういうのは……もう十分だ」

フッと鉄臭いにおいを思い出す。脳裏によぎるのは血塗《ちぬ》られた前世。幾千幾万《いくせんいくまん》の死体を積み上げてできた玉座。

「そうだな……」

ユーリは細い顎《あご》を手に乗せ、視線を落とす。考えるときの癖《くせ》で、クロードにとっては見慣れた光景だった。

「……自分のために生きるか」

長い長い沈黙の後、彼女の口から呟きが漏れた。

その言葉の続きが出るのを、クロードは黙って待つ。

「なにものにも縛られぬ人生……。余にもそなたにも、とんと縁がなかった」

父である先帝が崩御《ほうぎょ》したとき、ユリウスは一二歳だった。

その直後、兄弟での跡目《あとめ》争いが起こる。それに勝利し、即位してからも内乱を収め、隣国との戦いに明け暮れ——大陸を制覇した後は、魔族との戦いだ。

休むことも振り返ることもなく、ただ、走り続けた。止まれば殺される。生きるには、殺し続けるしかなかった。

皇帝という役割に、民の安寧《あんねい》を守る役割に、がんじがらめの人生だった。そして、常にともにあったクロードにとってもそれは同じこと。

——自分のための人生。

生まれ変わった皇帝が望むのは、大陸を制覇しても手に入れられなかったものだった。

「自分のために生きることの意味」

ユーリは続ける。

「自分のために生きる民の気持ち」

さらに。

「民を守るために生き抜いた前世に価値はあったのか」

そして、クロードの目をじっと見る。

「それを知りたい」

噛みしめるように出たユーリの言葉。心からの願い。強制された目的ではなく、自分で決めた目的。ユーリは今世の指針を得て、スッキリした笑顔を見せる。

「余はそなたとともに、人生を謳歌《おうか》したい。ついてきてくれるか？」

「御意」

「まあ、硬くなるな。二人で毎日を楽しもうじゃないか」

クロードが頷くと、ユーリは満足気にグラスを傾けた。短い沈黙が流れる。未来に向けた、心地よい静寂《せいじゃく》だ。

しばらくそれを満喫した後、ユーリがゆっくりと話し始める。

「ところで、どこまで覚えておる？」

「それが、どうも曖昧《あいまい》なのです」

「余も似たようなものだ。だが、余にはそなたが死んだという記憶がない。そなたの方が長く生きたのか？」

「いえ、私もユーリ様がお亡くなりになった記憶がございません」

「ふむ。となると二人とも生きたまま、同時期に転生したのか？」

ユーリは考え込む。少し顔を伏せ、左手の人差し指で右頬を掻《か》きながら。記憶をたどり、そして、取っかかりを見つけた。思い出せる最後の記憶だ。

「魔王の記憶は？」

「魔王との最終決戦の直前まで……そこで記憶が途切れております」

「余と同じだな。余もそこまでしか覚えておらん。魔王の顔も、名前も、その場にいた者も。やはり、魔王の仕業《しわざ》と考えるのが妥当《だとう》か……」

確証はないが、それが一番もっともらしかった。

「余とそなたが転生したのであれば、他の者も転生している可能性があるな」

ユーリは前世を思い出す。敵も多かったが、頼りになる臣下も大勢いた。もし叶うなら、会いたい相手は少なくない。幾人もの顔が思い浮かぶ。

だが、すぐにその気持ちを頭から追い払い、意識を現在に戻す。

「まあ、今の段階で推測しても、なにも得られん。前世のことはおいおい考えればいい。気にならないわけではないが、それよりも、今はこの人生を楽しもうではないか」

割り切りの速さは前世と同じ。クロードは思い出す。

――直感に従おうと、何時間も考え込もうと、得られる答えは大して変わらん。

即断即決。悩むことなく、前に進む。それこそが、ユリウス帝が大陸の覇者となれた理由だ。

「一度は終わったかもしれない命だ。せっかくそなたとも出会えた。ならば、この人生を楽しむのみ」

「承知いたしました。全力を尽くしてお仕えいたしましょう」

「俗世のことはそなたの方が詳しかろう。案内任せたぞ」

「お任せください」

「余は右も左も知らぬ、ただの幼女だ。守ってくれるだろ？」

ユーリはいたずらっぽく笑う。どう反応したらいいかクロードが戸惑っていると――

ユーリの身体がふらりと揺れる。

「陛下ッ！」

クロードは反射的にユーリに手を伸ばし、華奢《きゃしゃ》な身体を支える。

「その呼び方はやめろと言ったであろう」

「申し訳ございません、ユーリ様」

「うむ」

「お身体は大丈夫ですか？」

「どうやら、さっきの酒が回ったようだ」

クロードを安心させるように口元を緩める。前世では、酔《よ》い潰れることなど一回もなかった。そんな隙《すき》を見せることはできなかった。

「……ユーリ様」

「神の粋《いき》な計らいだ。存分に楽しもうではないか……」

ユーリは目をつぶり、クロードの腕の中で、すやすやと寝息を立て始めた。クロードは支えていた腕を回し、ユーリを持ち上げる。

そして、軽く、頼りなく、儚《はかな》げな身体を優しく抱き上げ、ベッドまで運んだ。

†

翌朝――
目を覚ましたユーリは違和感を覚え、刹那《せつな》、布団を跳ね上げ、枕元に手を伸ばす。

だが、手の先に剣はなく、弱々しく蹴られた布団はその場にストンと落ちた。

「そうであったな…………」

ユーリは「ふぅ」と息を吐き、顔にかかった長髪をかき上げる。

皇帝時代の習性で身体が反応してしまったが、しっかり覚醒《かくせい》した今、理解した。違和感の正体は自分の外ではなく、自らの身体にあることに。

薄暗い室内。クロードがユーリのために用意した寝室だ。使われた形跡がないが、清潔に保たれている。ベッドに衣装ダンスだけの殺風景な部屋。それ以上を主は必要としない――クロードらしい心配りだ。

ユーリはベッドから下り、カーテンを開ける。いつもと変わらぬ朝の日差しは、だが、彼女の知らないものだった。目線を上げて、その理由に気がつく。

「この身体だと、こう感じるのか」

記憶より高い位置から注ぐ光が銀色の髪を輝かせた。

彼女は視線を落として手を見つめる。小さく、柔らかく、頼りない手だ。手だけではない。姿見に映る姿を確認し、フッと笑みをこぼす。

それから大きく背を伸ばすと、身体の節々が文句を言う。筋肉も休みたがっている。そして、身体の持ち主も同意していた。

「ユリアナはまだ寝ているようだな」

コンコン——そのタイミングでノックの音が響く。押しつけがましいわけでもなく、遠慮しているのでもない、絶妙なバランスだ。心当たりは一人しか存在しない。

「入れ」

「おはようございます。お加減はいかがですか?」

すでに身支度を終えたクロードが盆《ぼん》を手に現れる。盆の上には水差しとコップ、そして、粉薬が載《の》っていた。それを見て、彼女のこめかみが引っ張られ、頭がズキンと鳴る。

「こちらを」

彼女は渡された粉薬を水で流し込む。

「この身体では、酒を飲むのも、薬を飲むのも、一苦労だな」

クロードに向かって、「おえっ」と舌を出して見せる。

「ベタベタするな」

寝汗のせいでベタついたワンピースをパタパタと揺すった。

「シャワーを浴びますか?」

「しゃわー?」

聞き慣れぬ単語にユーリは首をかしげる。

「身体を清める魔道具です」

「魔道具?」

「失念しておりました。あの頃には、魔道具はなかったですね。魔道具は魔力によって働く道具です。シャワーは魔法を使わずとも、お湯が出る魔道具です」

「ほう。よく分からんが、便利になったようだな。面白そうだ。試してみるぞ」

「では、下に参りましょう」

浴室に入り、クロードが使い方を教えていく。

「ああ、分かったぞ」

説明の途中で、ユーリが口を挟《はさ》んだ。

「ですが、まだ説明が――」

「いらんいらん。取って食われるでもなし。試してみるのも一興である」

そうだった、とクロードは皇帝の好奇心の強さを思い出す。新しい物はなんでも試してみる。それも自分の手で。

――一〇個試して、ひとつが上手くいけば、大当たりだ。

その好奇心が、失敗の山を積み上げ、新しい武器を生み、新しい戦術を生み、最強の軍隊を作り上げた。

「ほら、さっさと立ち去れい。それとも、余の裸《はだか》に興味があるのか？」

「いえ、失礼しました。こちらに着替えを置いておきます」

クロードはユーリに背中を押され、浴室から追い出される。

「なにかあったら、お呼びください」

待ちきれずに脱衣所の扉を閉じたユーリに、彼の声は届いただろうか。

ユーリはさっそく全裸になり、嬉々《きき》として浴室へ飛び込んだ。浴室の半分は浴槽《よくそう》が占めていたが、今は湯が張られていない。そして、壁に掛かっているシャワーに目が釘付《くぎづ》けになる。

「ほう、これがシャワーか。ここを捻《ひね》ればいいのだな」

取っ手を捻ると同時に、シャワーから水が飛び出る。クロードの説明を途中で切り上げたせいで知らなかったのだが、持ち前の反射神経で飛びすさり、濡れることは免《まぬか》れた。

「驚かすでない。だが、興味深いな」

シャワーから出る水に手をかざすと、だんだんと水温が上がってくる。

「これで温まれということか」

流れるお湯を手で遊ぶ。

「ほう。これは新鮮だ」

銀色の髪を濡らしたお湯が、幼い肢体《したい》を流れ落ちる。

初めての体験に浮かれる彼女だったが、ひとつ不満があった。説明をちゃんと聞いていれば解決できる不満だったものの……ユーリは浴室から脱衣所に移動する。

「おい、クロード、余にはぬるいぞ。もう少し熱くせい」

なにかあった場合のため風呂場の前で待機していたクロードは自分の予想が当たったと、脱衣所の扉を開け――

「おはようございまーす」

タイミング悪く、少女が家に入ってきた。クロードの動きが止まる。敵対者であれば身体が先に動く彼だが、今回ばかりは身体は固まったまま、頭も回らない。

「あれ？　これからシャワーですか？」

「いや……」

否定はしたが、それ以上言葉が続かない。この後に起こるであろう事態は想像できたが、百戦錬磨の彼であっても、名案は浮かばなかった。

そこに――

「どうした、クロード。遅いではないか」

全裸のユーリが扉を開けて出てきた。

「ユーリ様……」

「きゃあーーー」

クロードの呟きと少女の絶叫が重なった。少女は駆け寄ると、クロードを突き飛ばし、ユーリの手を掴んで脱衣所に駆け込み、扉を激しくドンと閉めた。

「大丈夫？　変なことされてない？　怖くなかった？」

少女はユーリにタオルを巻き、幼い身体を優しく抱きしめる。

「なにも問題はない。それより窮屈《きゅうくつ》だ」

「あっ、ゴメンなさい」

ユーリは少女の腕から逃れ、「興ざめだ」とシャワーを一瞥《いちべつ》する。それからタオルで髪と身体を拭《ふ》き、ワンピースを身につけた。ユーリが脱衣所を出ると、少女もあとからついてきた。そしてクロードから守るように、少女はユーリの前に立つ。

「クロードさんが女の子を連れ込んでますー！」

少女はギロリとクロードを睨みつける。

「しかも、こんなに小さな子っ⁉　犯罪じゃないですかっ！」

少女はクロード、ユーリと順に見てから、クロードに蔑《さげす》んだ視線を向ける。

「恥じることはなにもしていない」

だが、疚《やま》しいところのないクロードは、まったく動じない。そこに少女が畳《たた》みかける。

「お嬢ちゃん、大丈夫？　ちゃんと私が保護してあげるから、安心してね」

少女はユーリを抱きしめる。少女の胸に顔を埋《うず》めた彼女は、ふといたずらを思いつく。二人に見えない角度で、ニヤリと顔を歪めた。

「お姉ちゃん、たっ、助けてっ」

震える声で少女にしがみつく。

少女もまた、幼い身体をぎゅっと抱き返す。

「平気よ。守ってあげるからね」

少女は安心させるように、ユーリの濡れた髪を撫でる。

自分の試みが上手くいきそうだと確信したユーリは調子に乗る。

目を潤《うる》ませて少女を見上げる。渾身《こんしん》の演技だ。

少女は気づく様子もなく、ますます同情の思いを強くする。

そこに、ユーリが爆弾を落とす。

「昨日も、私の裸を見て……」

クロードが視線を逸《そ》らす前に、ユーリが勝手に脱ぎ始めただけだ。

少女はキッとクロードを睨みつける。

調子を良くしたユーリは、さらに芝居《しばい》を続ける。

「昨日の夜のことは覚えていないんです……」

「それって……」

「お酒を飲まされて……。朝、起きたら、なぜかベッドの上で寝てたんです……」

酒に酔い潰れただけだが、ものは言いようだ。

少女はユーリの言葉を完全に曲解した。頭の中で、破廉恥《はれんち》な光景が繰り広げられる。クロードに向ける目は完全に犯罪者への蔑みの目だった。

ユーリの言葉に加えて、今の状況——少女の中でクロードへの有罪判決が下された。

「クロードさん、もう手遅れかもしれませんが、自首いたしましょう。これ以上、罪を重ねてはなりません」

「誤解だ」

少女に自首を勧《すす》められ、どう答えようかとクロードは回らぬ頭で考える。ユーリの言葉はあながち間違っていないし、それを語るのが涙目の幼女であれば、誤解してしまうのは至極当然だ。だからといって、ここで慌てると逆効果だ。クロードは口をつぐむしかない。

張り詰めた沈黙が続き……我慢の限界を迎えたユーリが「プッ」と噴き出した。二人の視線がユーリへと向かう。その視線にもう堪《こら》えきれず——

「あはははははっ」

ユーリは腹をかかえて、笑い出した。

「娘よ。人を疑うことを覚えた方がいい。そのままでは、悪い男に騙されるぞ」

いきなり態度を変えたユーリに、少女は理解が追いつかない。ただ、からかわれたことだけは分かった。

「だっ、騙したんですかっ？」

「嘘は言ってない。貴様が勘違いしただけだ」

「ユーリ様が勘違いするような話し方をしたからです」

クロードは呆れ顔だ。少女は怒りでむぅっと頬を赤くする。

「それで、この面白動物はなんだ？　そなたのペットか？」

誤解が解けたところで、ユーリが尋ねる。

「なんですかっ！　面白動物って！」

憤慨《ふんがい》する少女を無視して、クロードが答える。

「通いのメイドです。名前はミシェル。性格はこの通りですが、家事能力は一流です」

「ほう」

ユーリはミシェルを観察する。一七、八歳の少女。庶民が着る質素なワンピース。黒いのは汚れを目立たなくするためだろう。宮廷に仕えるメイドたちを見てきたクロードが太鼓判《たいこばん》を押すとは、とユーリは感心する。

褒められて嬉しかったので、ミシェルはからかわれたことも忘れ、「えっへん」と胸を張る。それによって、大きな胸が揺れた。ユーリは彼女の胸を見て、それから自分のぺったんこな胸を見る。数年後は自分もああなるのか、と思うと不思議な気分だった。あらためて、自分が女になったと実感する。

「この御方は――」

クロードは昨晩、打ち合わせていた通りに話すだけだ。

「素性《すじょう》は明かせないが、とある貴族のご令嬢でな。お家騒動で逃げてきたのだ」

「どうしてクロードさんのところに？」

「ああ、以前、依頼を受けたことがあってな。そのときの縁だ」

どうせ、前世のことを言っても信じてもらえないのだから、これが一番いい説明だ。ユーリもクロードも権謀術数渦巻《けんぼうじゅっすううずま》く世界に生きてきた。さっきユーリが仕掛けたいたずらのように、嘘をつかずに相手を誤解させることなど、造作もない。ましてや、相手が世間知らずの町娘であれば。

「なるほど！　そういうわけなんですね。どうりで、気品があると思ったんです」

やはり、ミシェルは簡単に信じた。と、そこで彼女の頭にひとつの疑問が浮かぶ。

「そういえば、クロードさん。なんで、幼女用の服なんて持ってたんですか？　やっぱり、そういう趣味なんですか？」

「いや、違う。ユーリ様が持ってきたんだ」

「貴族のご令嬢が、平民用の服をですか？」

ミシェルは訝《いぶか》しむ。

「ああ、お忍《しの》び用だ」

「ああ、そういうことですか！」

やはり、ミシェルは簡単に信じた。

クロードがひと通りの説明を終えると――

「な～んだ、堅物《かたぶつ》のクロードさんが血迷ったのかと思ったら、そういうことでしたか。安心しました」

「私をなんだと思ってるんだ」

「それにしても、カワイイ！」

ミシェルはユーリに抱きつく。

ユーリは人形のように整った顔立ちの幼女だ。しかも、中身がユーリとユリアナが混ざりあったことによって、不思議な魅力たっぷりの女の子へと変化していた。

「離せ」

皇帝時代も、ユリアナの記憶でも、こんなにダイレクトなスキンシップは初めてだ。戸惑いながらも、心の奥が温かい。どうしたものかと、珍しく困惑していた。

そこにクロードが助け舟を出す。

「では、ユーリ様はあらためてシャワーを浴びてください。ミシェルはその間に朝食の準備を」

「はーい！　こんな可愛い子なら、頑張っちゃいますよ～。腕によりをかけた料理、楽しみにしてくださいね」

言い終わる否《いな》や、ミシェルは浮かれた足取りでキッチンへと向かった。

朝のキッチンとダイニングは、ミシェルの領域《テリトリー》だ。風呂上がりのユーリは、忙《せわ》しなく動き回る彼女を見て、敵陣に切り込む自分の姿を思い出した。何事も洗練された姿は美しい。ユーリは面白動物扱いをしたミシェルの評価をあらためた。

「あっ、ユーリちゃん上がったのね。すぐに仕度できるから、席について待っててね」

言葉通り、ユーリが席につくと、数分で朝食の準備が整った。

テーブルには所狭しと皿が並んでいる。パン、卵料理、サラダ、肉料理。中でもユーリの食欲を刺激したのは湯気を立てるポタージュスープだ。

（あー、良い匂い）

（目が覚めたか）

（うん。おはよう、ユーリおねえちゃん）

「どうしたの？　冷めないうちに食べましょ」

「ああ」

ミシェルにうながされてユーリはスプーンを手に取り、スープをひと口飲む。

（…………）

（…………）

ユーリだけでなく、ユリアナも絶句し、スプーンを持ったまま硬直する。

「お口に合いませんでしたか？」

「いや……美味《うま》い」

ユーリは続けてパンに手を伸ばす。焼き立てではないが、柔らかく、甘い。

「これもミシェルが？」

「はい。孤児院《こじいん》でまとめて焼くんです」

「孤児院？」

「私は街外れの孤児院で働いてるんです」

ユーリが食べている間、ミシェルは話し続ける——

温かい料理に、温かい団欒《だんらん》。

ユーリもユリアナもこれまで得られなかったもの。これこそ、二人が求めていたものかもしれない。二人とも大満足であったが、食べすぎて満腹になり、しばらく席を立つことができなかった。

†

朝食が済み、三人はユーリの寝室に移動した。何も知らないユーリのためにミシェルが日常生活の過ごし方を教えることになったのだ。

「まず、朝起きたら、ベッドを整えます。孤児院でもやってることです」

「ほう。理にかなっているな」

ユーリが視線を向けると、彼女の意を察してクロードは軽く頷いた。

「余の知っている場所でもそうだった」

「有名なのかもしれませんね」

ユーリが言う場所とは、前世の帝国軍だ。起床後すぐに、寝具を整える。帝国軍でもそう定められていた。

規律を保つのが目的のひとつ。もうひとつの目的は「成功体験」だ。

朝起きて寝具を整えられた。小さな小さな成功だ。それでも、ひとつ成功すれば、次の課題——顔を洗う——に取りかかれる。そうした小さな成功体験の積み重ねの先に大きな成功がある。大陸最強の軍隊はそうやって出来上がったのだ。

「最初は私がお手本を見せますね」

そう言うとミシェルは古いシーツを外し、新しいシーツをセットしていく。慣れた手つきで、あっという間にシーツが交換された。

「とまあ、こんな感じです」

「ほう。見事なものだ」

（ミシェルおねえちゃん、すごいよ。うちのメイドさんより上手かも）

「次はユーリちゃんね。ユーリちゃんはまだ小さいし、初めてだから、上手くできなくてもいいからね。とりあえず、チャレンジしてみようね」

「どれ、貸してみよ」

（ユーリおねえちゃんもできるの？）

（なに、この程度、造作もない）

ユーリのいたずら心が目覚める。ユリアナに良いところを見せたい。そして、ミシェルの驚く顔も見てみたい。

ユーリは両手でシーツを持ち、ふわっと上に広げ、落ちるのに合わせ、四隅をベッドに折り込む。

「えっ……私より上手………」

皺ひとつない完璧な仕上がりだ。ユリアナですら見たことがない美しさに、ミシェルは絶句する。

二人の反応にユーリは満足気に胸を張る。

(見たか？)

(ユーリおねえちゃん、すごい！)

当然だと頷くクロードだけがタネを知っていた。

シーツを広げた瞬間、ユーリはシーツに魔力を流し込んだ。そうすれば、シーツを身体の一部のように扱える。とはいえ、並の者ではここまで魔力を繊細《せんさい》に使いこなせない。ユーリならではだ。

「どうだ？　これでよいか？」

子どもらしい笑顔。前世では見せなかった感情。ユーリ本人でも気がついていない変化に気づいたのはクロードだけだった。

「むしろ、私が教えてもらった方が良いくらいです……」

気落ちしたミシェルだったが、元々、前向きな性格だ。すぐに気持ちを切り替えた。

「次は、お着替えです」

「余はこれで十分だ」

「ユーリちゃんのお洋服を見せてください」

「これだけだ」

「こちらもございます」

クロードがクローゼットからドレスを取り出す。ユーリは適当に処分して良いと言ったが、彼はきちんと保管していた。しかも、汚れは昨日のうちに落とされて、綺麗《きれい》になっている。

「なんだ。取っておいたのか」

ユーリが呆れ顔を見せる。

「これは普段使いはできないですね」

ミシェルの言う通りだ。

「ユーリちゃんは貴族のお嬢さんなんですよね？」

「ああ、そうだ」

ミシェルに迫られ、クロードは頷く。

「なら、ちゃんとした服を買ってきてください。ユーリちゃんはせっかくこんなに可愛いし、クロードさんはお金には困っていないですよね？」

「分かった。買ってくる」

「一人で大丈夫ですか？」

「問題ない」

「クロードよ、そなたのセンス、期待しておるぞ」

ユーリはいたずらっぽく笑う。

クロードは前世で、ユリウス帝と並び戦場に生きた。軍服ならともかく、女性の衣装に関する知識は皆無《かいむ》だ。それを知った上での笑みだ。お手並み拝見と、彼を送り出した。

「さてと、その間に色々と教えちゃいますよ」

クロードがその場を後にすると、ミシェルの家事講座が始まった。


クロードは三〇分もしないうちに帰ってきた。家を出たときと同様に、彼は手ぶらだ。

「ずいぶんと早いですね。もしかして、恥ずかしくてお店に入れなかったんですか？」

「いや。ちゃんと買ってきた」

「適当に選んだんじゃないですよね？　ちゃんとユーリちゃんに似合うものを選んできたんですよね？」

「もちろんだ」

「じゃあ、見せてください」

「すぐに店の者が届けに来る」

クロードの言った通り、しばらくして店員がやってきた。

「えっ……」

ミシェルが絶句する。なぜなら、店員は一〇人以上いて、大きな荷車には袋がいくつも載せられていたからだ。

「クロード様、どちらへ運べばよろしいでしょうか？」

「こちらだ」

クロードは店員をユーリの部屋に連れていく。

「そこに広げてくれ」

次々に運ばれてくる洋服。あっという間に洋服の山が出来上がり、クロードが告げる。

「これで全部だ」

「えええ⁉　どれだけ買ってきたんですか⁉」

「店にある女児向けの服を全部買ってきた」

「………………」

ミシェルは絶句。

ユリアナは（うわぁ、全部可愛い！）と大喜び。

ユーリは苦笑する。

クロードは当然だとばかりに頷いた。

「ユーリ様に似合う服を買ってこいと言われたから、買ってきただけだ。ユーリ様に似合わない服

はない」

ユーリは「ぷっ」と噴き出し、それから腹を抱えて笑い出した。

「相変わらず、生真面目な奴だ」

一方のミシェルといえば――

「極端なんですよ！　いくらなんでも買いすぎです」

「まあ、良いではないか。それより――」

洋服の山を指差し、ユーリが尋ねる。

「余に一番似合う服はどれだ？　今日はそれを着るから選んでくれ」

究極の難題を突きつけられ、クロードは固まってしまう。

「クロードさんには無理だから、私が選んであげます」

†

夜になって――

ミシェルが去り、ユリアナはすでに夢の中だ。ユーリはクロードと二人きりになる。作り置きの料理を食べながら、クロードが尋ねる。

「家事はいかがでした？」

「なかなか楽しかったぞ」

あの後、ユーリはミシェルから家事一般を学んだ。皿の洗い方。掃除の仕方。洗濯の仕方。どれもユーリにとっては初めての体験だった。

しかし、大陸の覇者にとっては、どれも簡単すぎた。一度、説明を聞けば、難なくこなしてしまう。むしろ、どれもミシェルの期待以上の成果だった。

彼女は何日かかけて教えるつもりだったが、「もう私が教えられることはありません……」と肩を落として帰っていった。

「わざわざ、ユーリ様の手を煩わさずとも」

「いや、余が望んだことだ」

「ミシェルが騒がしかったでしょう」

「いや、良かったぞ。ミシェルは好感が持てるし、すべてが新鮮だった」

前世では見られなかったユーリの柔らかい笑みに、クロードは驚く。それと同時に、主が自分のための人生を楽しめていることを嬉しく思う。

「前世であれば、決して接点を持つことはなかった。彼女に出会えたのも、転生したからだ」

転生に感謝しているのはユーリだけではない。二度目の人生でも主となる人に仕えられる幸せは、クロードにとってなにものにも代えがたい。

「庶民の生活とは、なかなか楽しいものだな。自由気ままで良い」

身の回りの世話も、家事も、どちらも他人に押しつけられてではない。自分がやりたくてやったことだ。それを楽しめるのだから、新しい人生に文句ひとつない。この先は分からないが、少なくともユーリは今日の生活に満足した。

「お楽しみいただけたようで、なによりです」

†

ユーリが来てから三日目の朝――

朝食を終えたところで、冒険者ギルドからクロードに使いが来た。指名依頼が入ったのだ。彼はユーリと離れることを渋《しぶ》ったが――

「はいはい、クロードさんはお仕事に行ってくださいね」

「いや、しかし……」

「期待しておるぞ。そなたの稼ぎで美味いものを食わせてくれ」

「ユーリ様」

ミシェルはともかく、主に言われては断れない。クロードは追い立てられるようにして、冒険者ギルドへ向かった。

クロードが去り、ユーリがミシェルに告げる。

「ミシェルの料理は良いな」

「ユーリちゃんのお口に合ったようで嬉しいな」

「素朴《そぼく》だが美味である」

剣技などと同じく、料理も技術である。そして、技術の習得とは反復だ。ミシェルほどの腕前は一朝一夕《いっちょういっせき》では身につかない。その点で、ユーリはミシェルに敬意を払う。

（わたしが食べてた料理と違うけど、わたしはミシェルおねえちゃんの方が好きだな）

（ほう。ユリアナも気に入ったか）

（うん！　ねえ、わたしも料理してみたい）

（そうか、それも一興だな）

ユリアナの気まぐれに付き合うことにした。身体を借りている身、それくらいはお安いご用だ。

「ミシェルよ、余に料理を教えてくれ」

ユーリの問いかけに、ミシェルはキョトンと目を見開き、次いで破顔する。

「なら、今日は一緒に料理しようね。まずは家事を終わらせちゃいましょ」

「うむ」

（わたしも、頑張る！）

なにができるわけでもないが、ユリアナもお手伝いしている気分だ。

手際の良い二人によって、あっという間に仕事が終わる。

「終わったぞ」

「やっぱり、ユーリちゃんは凄いね。孤児院に手伝いに来ない？」

「ほう、それも面白そうだな。だが、今日は料理だ」

「じゃあ、食材を買いに出るためにも、まずはお着替えね」

「どれがいいのだ？」

お出かけ用の洋服に着替えることになったが、ユーリは衣装ダンスの前で困惑する。先日、クロードが買ってきた大量の洋服がギュウギュウに詰まっている。

（うわあ！）と感嘆するユリアナと違って、ユーリはまったく興味がない。せいぜい派手か地味かくらいの区別しかつかない。

（これはどうかな？）

ユリアナが示すのは、意匠《いしょう》の凝《こ》らされた薄衣のワンピース。貴族令嬢が晩餐《ばんさん》会に着ていくドレスだ。

（さすがに、これはないな……）

（えー、カワイイよ）

（買い物に行くだけだぞ？）

ドレスの裾を摘まむユーリを見て、ミシェルが告げる。

「あまり高そうなのはやめた方がいいですよ」

（ほら、ミシェルもこう言っておる）

（うーん、じゃあ、今回はガマンする！）

（次も同じだと思うがな）

ユリアナとは違い、ユーリはミシェルの意図を理解している。幼さ、美貌《びぼう》、それに高価なドレスが合わされば、誘拐《ゆうかい》してくれと言っているようなものだ。「それはそれで楽しそうだ」と思うが——

「今日は邪魔されたくないな」

結局、町娘が着る無難な服になったが、それでもユーリの美しさは隠しきれない。

「あとは、これを羽織《はお》って——」

ミシェルがフード付きのコートをユーリに着せる。

「うん。オッケーよ！」

（おっけー）


カーティスの街は石でできていた。石畳と石造建築は、どちらも赤みがかっている。近くに『血の山』と呼ばれる山があり、そこから採れる石が利用されているからだ。

硬く赤い街だが、人々の表情は柔らかい。

「ほう、なかなか栄えておるな」

「ユーリちゃんは他の街も知ってるの？」

「ああ、そうだな」

ユーリの脳裏に前世の記憶が思い浮かぶ。だが、この街はユーリの知る街とどこか違った。しかし、それがなにかまでは、彼女は分からない。

「それでどこに向かうのだ？」

クロード邸がある富裕層の居住区を離れると、地に足のついた声が聞こえてくる。風に乗った生活の匂いが流れてくる。そして、目に飛び込んでくるのは熱気だ。

（うわあ！）

気圧されたユリアナが思わず声を上げる。馴れ馴れしい熱気を、ユーリは好ましく思う。

「まずは八百屋《やおや》さん」

（八百屋さんってなに？）

（余も知らぬ）

ユーリの疑問を察したようで、ミシェルが教える。

「お野菜を売っているお店よ」

（だそうだ。さすがに野菜は知っておるな？）

（それくらいは知ってるよー）

露店街は街の中心から離れ、庶民が暮らす一角にある。そこには小さな露店と屋台が連なり、様々なものが売られている。八百屋や肉屋など食品を扱う店。今すぐ食べられる串焼きなどを売る店。なにを売っているのかよく分からない店もある。

店々が放つ渾然《こんぜん》とした匂いに汗の匂いが混じり、活気を生み出していた。

道は広く、行き交う人々も様々だ。大声を上げる露店主。小走りに駆けていく小間使《こまづか》いの少年。重い荷物を担《かつ》いだ獣人の男。

人々が石を歩き、石に入り、石を出る。通りを埋め尽くす無秩序《むちつじょ》が、馬車が通るたびに秩序を取り戻す。戦場を思わせなくもないが、命令する者は誰もいない。それでも人々が、街が、生活が動いているのだから、不思議なものだ。

「あれは魔道具か？」

「ええ。食べ物を焼いたり、蒸したり。大抵のお店は魔道具を使ってるんだよ」

便利になったものだ。魔道具があれば、戦場が一変するな。ユーリが戦争での使い道を考えていると、ミシェルが足を止める。

「着いたよ」

幅二メートルもない小さな露店には、朝採れ野菜が色鮮やかに店先に並んでいる。

（綺麗！　宝石みたい！）

（なるほど、宝石か。余はこちらの方が価値があると思うぞ）

ユーリにとって宝石の価値とは、「誰かに高値で売れる」程度だ。美しいかもしれないが、腹の足しにならず、戦でも役には立たない。宝石も石ころもユーリには無差別だった。

「ミシェルちゃん。いらっしゃい」

恰幅《かっぷく》のいい中年のおかみが、ぱあっと笑顔で出迎える。ミシェルも「おはようございます～」と笑顔で応じる。ユリアナの興味に合わせて視線を動かしていると、おかみがユーリに気がついた。

「あら、今日はもう一人いるのかい」

その声にユーリが顔を上げると、おかみの視界にフードの中のユーリが映る。

「あらあら、お人形さんみたいにカワイイ子だねえ」

「ええ、ちょっと事情があって」

「あら、わけありかい。詮索《せんさく》しないから、安心しな」

「それで、今日は――」

ミシェルの注文に、おかみはあかぎれた手で野菜を袋に詰めていく。あっという間に大きな袋がふたつパンパンになった。

「はいよ。いつもありがとね。オマケしといたよ」

「ありがとうございます」

支払いを済ませたミシェルは、ふたつの袋を両手で抱える。

「余がひとつ持とう」

「重たいけど、大丈夫？」

「なに、これしき大したことはない」

（えー、ホント？）

（まあ、見ておけ）

同じ重さでも、持ち方次第で必要な力は変わる。

「うああ、ユーリちゃんは本当に凄いね」

（ユーリおねえちゃん、上手だね！）

絶妙なバランス感覚で軽々と歩くユーリを二人が褒《ほ》める。

昨日の家事でもそうだったが、ユーリは褒められる心地よさを知った。讃《たた》える者、崇拝《すうはい》する者はいても、皇帝を褒める者など、一人も存在しなかったからだ。「褒め」は確実にユーリの心に変化を与えているが、当の本人はまだ気がついていない。

「本当になんでもできちゃうんだから」

人の成長の出発点は「自分にできないことを知ること」だ。そこで「できるようになるにはどうするべきか」「できないと切り捨てるべきか」を考える。それが成長をうながす。

だが、ミシェルが見る限り、ユーリはすでに完成しているとしか思えない。成長過程をすっ飛ばしているようにしか見えないのだ。

それも当然、そのような段階は前世でとっくに乗り越えているのだから。

「ユーリちゃん、ああいうときは笑顔だよ」

「笑顔？」

「ユーリちゃんみたいな可愛い子が笑ったら、みんなオマケしてくれるんだよ」

「そういうものか」

「ほら、笑って笑って」

「こうか？」

言われて笑顔を作ってみるが、引きつったぎこちないものだった。

「これは練習が必要ね」

完璧に見えるユーリの弱点を発見して、ミシェルは笑顔を見せる。作り物ではない、自然な笑顔だった。


家に戻ると、さっそく、ミシェルの料理教室が始まった。

「ユーリちゃんはポティトの皮剥《かわむ》きね」

ミシェルは籠の中からポティトをひとつ、それと小ぶりな包丁《ほうちょう》を手渡す。ポティトはユーリの手からはみ出る大きさだったが、包丁は小さな手に収まった。

「手を切らないように気をつけてね」

「余を誰だと思っている」

ユーリは二度、三度包丁を振り、刃渡りに指をスッと這《は》わせ、感覚を確かめる。

「ふむ。悪くはないな」

クロードが揃えた包丁なので、ユーリも満足する一級品だ。

「私も始めるから、なにかあったら、いつでも声かけてね」

「うむ」

(楽しそうだけど、ユーリおねえちゃん大丈夫？　怪我しない？)

(良いものを見せてやろう)

ユーリは右手に包丁を、左手にポティトを持ち、スルスルと皮を剥いていく。前世の剣。今回の包丁。大きさに違いはあれど、同じ刃物だ。であれば、自分の手足のように扱える。

「ほう。これはこれで興味深い」

あっという間にひとつ剥き終わった。

「悪くない」

(凄い！　速い！　上手！)

(であろう？)

作業に集中しているミシェルは、それに気がつかない。ユーリはふたつ目に手を伸ばした。

しばらく経《た》ち――

「どう、ユーリちゃん、上手にできた……って、え!?」

山のように積み上げられたポテイトを見て、ミシェルは大きく目を見開いた。

「やりすぎよっ！」

興が乗って皮剥きに没頭《ぼっとう》したユーリは、気がつけば籠に入っているポテイトをあらかた真っ裸にしてしまっていた。

(怒られちゃった)

(気にするな、あれは怒っているのではない。呆れているだけだ)

(だったら、良いんだけど……)

ユリアナは怒られ慣れていないのか、怒られすぎていたのか、ユーリにはその区別がつかなかった。

「まあ、説明しなかった私が悪いんだけど……」

困り顔のミシェルは続ける。

「余った分はマッシュポテイトにすればいいか」

呆れたミシェルはユーリが剥いた皮を手に取り、「えええっ!?」と驚きの声を上げた。

「まずかったか？」

「そうじゃないの。どうやったらこんなに綺麗に剥けるの？」

途切れることなく剥かれた皮は向こうが透けそうな薄さ。ユーリの皮剥きは芸術的な仕上がりだった。

「本当に皮剥きは初めてなの？」

「うむ。皮剥きどころか、包丁を持ったのも初めてだ」

その後に小声で「刃物には慣れておるがな」と付け加える。

「信じられないけど、貴族のお嬢様が刃物を使うとは思えないし……」

（ユーリおねえちゃんは前世で料理してたの？）

（料理か？　野菜は初めてだが、肉なら飽きるほど斬ってきたな）

（そうなんだ）

ユリアナはなんの肉かは知らないので、感心するばかりだった。

「それより、次はなにをするのだ」

ブツブツと呟いていたミシェルは、ユーリの声に思考を中断させられた。

「そうね。下拵《したごしら》えは済んだから、煮込んでいきましょう」

「煮込みか。余も嫌いではないぞ」

「へえ、意外。貴族様でも食べるんだ」

なんでもかんでもぶち込んで、火を通せば、とりあえずは食べられる。繊細な味付けを好む貴族からしたら、下品な庶民の食べ物で、ミシェルの疑問も当然だ。

だが、その便利さが戦場では役に立つ。ヘトヘトに疲れ果て、胃が極限まで縮小した状態で食べた煮込みの味は今でも忘れられない。

ミシェルは竈《かまど》の上に大きな鍋を置いて水を張った。それから、竈の前に椅子を置く。

「気をつけて入れてね」

「うむ」

ミシェルがユーリに具材を手渡していく。それが終わると、ミシェルが言う。

「じゃあ、火をつけるから、離れてね」

「うむ」

ユーリが離れたのを確認して、ミシェルは薪《まき》に火をつける。そうして、湯が煮立つと丁寧に灰汁《あく》を掬っていく。その間も薪を動かし、火加減の調整を忘れない。

「なあ、ミシェルよ」

不思議に思ったユーリが問いかける。

「なに？」

ミシェルは鼻歌交じりで鍋を混ぜながら、ユーリを見る。

「なぜ、魔道具を使わぬのだ？　クロードは持っておらぬのか？」

露店でも魔道具を使っていた。それだけ普及しているのに、クロードの家にないはずがない。

「そうね。確かに魔道具を使えば便利で早いよね。時間がないときはそうするんだけど。でも、私はこっちの方が好きなんだ」

「ほう？」

「時間と手間をかける分、食べてくれる相手のことを想えるでしょ。だからだよ」

「なるほど。愛《いと》しいクロードのためか」

「ちょっ⁉　なっ⁉」

「ミシェルも可愛らしいところがあるのだな」

「もう、お姉さんをからかわないの！」

「すまんすまん。冗談だ。だが――」

ユーリは笑顔で告げる。

「その考え、余は嫌いではない」

料理とは、栄養をとるものであり、美味しさを感じるものであり、そして、愛情を届けるものだと、ユーリは学んだ。

「誰かのためを想って作る料理か。なるほど、良いことを教わった」

民を救うために命を懸けて戦い抜いた前世。クロードのために時間をかけて料理を作るミシェル。

自由になった自分が、自分のために生きるとしたら――

†

ユーリが転生してから一週間が経った――

朝、いつも通りにミシェルが朝食を作りに来たのだが――

「おはようございまーす」

「おはよごじゃましゅ」

朝から元気なミシェルの挨拶に続いて、つたない声が真似をする。

「誰だ?」

ミシェルに連れられて来たのは、三歳の幼女だ。

(うわあ、かわいい!)

艶《つや》やかな薄紫の髪を伸ばし、垂《た》れた目に丸っこくあどけない顔つき。

質素な服を着ているが、着飾ればそれなりのものだろう。

「るぅー!」

幼女が元気よく答える。

「この子はルシフェです。三歳で孤児院の子なんですが、今日はどうしてもついていくって聞かなくて。普段は聞き分けの良い子なんですけど……」

「ねえちゃ」

ミシェルの説明の途中で、ルシフェがユーリに抱きつく。

(うわあ、この子、かわいい)

ユリアナは懐かれて嬉しそうだが――

「む……」

「ユーリ様」

「ああ」

最小限のやり取りで、ユーリとクロードの意思は通じ合う。

幼子だからと油断していたわけではない。にもかかわらず、ユーリは反応ができなかった。いや、ユーリだけではなく、クロードも。

ルシフェからは敵意や殺気はまったく感じられない。だから、気づかなかった……というわけでもない。

二人は警戒心を高めるが、そんなことにはお構いなしに、ルシフェはユーリに頬を擦りつける。

「ねえちゃ、と、ねえちゃ」

ユーリはまた、違和感を覚える。

こやつ、余だけではなくユリアナに話しかけているのか？　いや、そんなはずはない、と思うが――

「ねえちゃ、と、ねえちゃ」

繰り返された言葉にユーリは確信する。ルシフェはただ者ではないと。

ユリアナを知らぬクロードだが、違和感を覚え、殺気が漏れそうになる。

ユーリに近づく不審な者がいれば、まず、敵と疑う。前世であれば、躊躇うことなく殺していた。

勘違いで無実の者を殺してしまうことがあったとしても、その逆に比べれば些末《さまつ》なことにすぎない。そして、実際、彼の直感が外れることはなかった。

「クロード」

身体に染みついた条件反射で動いたクロードをユーリが諫《いさ》める。

(ねえ、ユーリおねえちゃん。この子はわたしに気がついているのかな?)

「うん。ねえちゃ。わかる」

(うわ、こたえてくれた!)

(そのようだな)

理解不能ではあるが、ユリアナは気にせずに喜んでいる。だから、ユーリもユリアナに合わせる。

「面白い。しばらく、観察してみるか」

「御意」

ユーリとクロードは小声でやり取りする。

初めての相手、それも、不審な相手であれば、真っ先に『魔核』と魔力の動きを読み取る。

だが、『魔核』が動き出し、魔力を作り始めるのは五歳前後で、ルシフェはまだ三歳だ。

「さあ、挨拶はそれくらいにして、朝ご飯にしましょう!」

ミシェルがルシフェと手を繋《つな》いでダイニングまで移動する。

今日は、四人で食卓を囲む。ユーリとルシフェが並んで座り、その向かいにはクロードとミシェル。

クロードはユーリの隣に座るつもりだったが、そうできなかったのにはふたつ理由がある。

ルシフェがユーリの裾を掴んで離さないから。

ユリアナがルシフェの世話をしたがったから。

不服だったクロードも、ユーリの「いいではないか」の一言で受け入れるしかなかった。

（ねえ、お世話していい？）

いつも通りに朝食が始まったのだが、四人の中に一人、作法など知ったことではないと匙《さじ》をグーで握り、スープを啜《すす》っている者がいる。

それを見たユリアナが見えない目をキラキラとさせ、ユーリにおねだりする。ユーリは「構わぬぞ」と内心で告げた。

「汚れておるぞ」

「むぅ」

ユーリはルシフェの口元をナプキンで拭《ぬぐ》ってやる。

「ねえちゃ、ありゃあと」

「ちゃんと礼が言えるのか。躾《しつ》けられているな」

ユーリに頭を撫でられ、ルシフェは「にひひ」と嬉しそうだ。

「ほら、匙を貸せ」

受け取った匙でスープをルシフェの口元に運ぶ。

「口を開けろ」

「むぐっ。おいち。ありゃあと」

（かわいい！　妹みたい！）

（ユリアナには兄しかいないのだったな）

（うん。ずっと、妹か弟が欲しかったんだ。ユーリおねえちゃんは兄妹いたの？）

悪気のない問いにユーリは（兄が二人な）と応じる。殺し合った相手だと告げるには、ユリアナは幼すぎた。

「意外と面倒見がいいんですね」

ミシェルが微笑ましそうに目を細める。確かに幼女が幼女の世話をする光景だ。誰が見ても心が和《なご》むはず。ここにいるただ一人を除いて。

前世を知るクロードだけは目の前の光景が信じられなかった。

ユーリはその視線を感じ、顔を上げる。

「こうやっていると本物の親子みたいだな」

「ええっ⁉」

動揺したミシェルが一番に声を上げる。

「ままぁ」

ルシフェがミシェルを指差す。

「そうか、ママか」

「そっ、そんなこと……」

ユーリが言うと、ミシェルは顔を赤くする。

次にルシフェは――

「ぱぱぁ」

それにはユーリも思わず噴き出す。

「そうかそうか。クロードはパパか」

「そっ、そんな、クロードさんに失礼ですよ。ねえ？」

「私はどちらでも構わない」

この程度の軽口で動じるクロードではないが……。

「ということらしい。実際に夫婦になっても構わないそうだ」

「ユーリ様」

あえて曲解したユーリの言葉に、クロードは反論する。慌てはしないが、声が少し硬かった。

「それで、ミシェルはどうなんだ？　クロードと夫婦になるのは？」

「おっ、恐れ多いですよ」

ミシェルは真っ赤な顔でクロードを見る。

「分かりやすいな」

（ミシェルおねえちゃんは、クロードおにいちゃんが好きなの？）

幼女にも見透かされておる、などと思っていると、ミシェルが言う。

「もう、冗談はこれくらいにして、ちゃんと食べるんですよ！」


「じゃあ、行きましょうか」

朝食と片付けが済み、ミシェルが言う。

「うむ」

「いくー」

ユーリの返事に、ルシフェが続く。

この一週間、クロードとの戦闘訓練で身体の動かし方を確認したり、書物でこの世界のことを学んだりしたが、さすがに家に閉じこもるのにも飽きてきた。

なので、今日はミシェルの孤児院を訪れることにしたのだ。クロードは留守番。想定外の一人が加わったが、ユーリたち三人は孤児院に向かう。

高級住宅街、市街地、街外れ。進むにつれて装飾が剥《は》がれ、人が増え、生活の匂いがより濃くなる。

孤児院はクロード邸から歩いて三〇分ほどの距離だった。質素な建物で、歴史が感じられる。外観だけでも清貧さが伝わってきて、建造した者の思想が連綿《れんめん》と受け継がれていると分かる。

孤児院の建物を前にして、ユーリは感嘆する。

「ほう、立派ではないか。それに大きい」

ユーリが予想していた以上であった。

「この孤児院は領主様からも支援を受けているの」

「カーティス子爵だな。なかなか高潔な人物らしいな」

この場所だけでも、子爵の人柄《ひとがら》がしのばれる。

「さすがは貴族様、よく知っているんだね」

「ここにはどれだけの孤児がおるのだ」

「全部で一四三名よ」

「多いな。これが限界か？」

「ここの定員は一五〇人。それ以上は他の孤児院に行くことになってるの」

「ほう」

「創設した人が決めた規則のひとつなんだって」

「それを定めた者は賢いな」

前世、帝国軍の中隊は一五〇人で構成されていた。経験的に、それぞれの兵士が他の隊員全員を知っており、関係性を把握できる人数の上限がこの数字である。隊の団結と安定、そして、士気を共有するためにはこれが限界人数だ。

それはここでも同じ。お互いがお互いを知り、自分の役割を、そして、他人の役割を知っている。だからこそ、『自分の』ではなく、『自分たちの』孤児院になるのだ。

「その者の名は？」

「エルフェリアさんって名前らしいよ。数百年前の話だから、どこまで本当か分からないけど」

「………」

ユーリは衝撃に口を閉ざす。偶然ではないだろう。

「どうしたの？」

「いや、なんでもない」

頭《かぶり》を振るユーリだったが、ミシェルが告げたその名は決して忘れられぬものだった。

エルフェリア――前世の配下の一人だ。慈悲《じひ》深く、民のために多くのことを為《な》した女性。ユリウス帝も民を案じていたが、彼の立つ高みから見渡すには、市井《しせい》は遠すぎた。どうしても手が行き届かない場所が出てくる。そこを進んで補ったのがエルフェリアという人物だった。

「そうか、奴の想いは引き継がれたのか……」

ユーリが顔を背けたので、その呟きはミシェルに届かなかった。

孤児院の門をくぐると、広場では二〇歳くらいの女性が、子どもたちに稽古《けいこ》をつけていた。

「あれは……」

見覚えのある顔だった。先日のワイバーン騒動でクロードに遅れてやって来た女冒険者だ。

「アデリーナと言ったか」

ユーリの独り言が聞こえなかったようで、ミシェルが教える。

「アデリーナさんですよ。Aランク冒険者なんです」

「Aランク？」

「ランクは冒険者の強さを表すんです。Aランクは最高峰《さいこうほう》ですよ。クロードさんもAランクです」

「ほう」

ミシェルの『最高峰』という言葉に、ユーリは興味を持った。

「彼女もここで育ったんです」

アデリーナも子どもたちも木の棒を手に持ち、模擬戦闘を行っている。十数人がかりだが、彼女は軽々と捌《さば》きつつ、隙ができた子どもを軽く叩く。

ユーリが知る兵士の訓練に比べればままごとだが、今は戦時下ではない。子どもたちの年齢を考えれば、これくらいが妥当なのだろう。その風景を眺めながら、ユーリは彼女の力量を計る——

「よし、ここまで」

しばらくして、アデリーナの声で模擬戦闘が一段落した。子どもたちは限界らしく、座り込んで息を荒くしている。もちろん、彼女は汗ひとつ流していない。

アデリーナはユーリに気がついた。

「あれ、この前のお嬢ちゃん？」

「知り合いなんですか？」

ミシェルが驚いて声を上げる。

「ああ、クロードの知り合いなんだってな」

「そうです。今はクロードさんの家で一緒に暮らしてます」

「女っ気のないクロードだったが、そういう趣味だったとはな」

本人も冗談と分かっている物言いだったが、その目はユーリを訝しんでいた。

「ユーリだ」

「ユーリちゃんって言うんだ。良かったら、やってみる？」

アデリーナは木の棒を振って、ユーリを煽《あお》る。

「いや、遠慮しておこう」

売られた喧嘩《けんか》は買う。それがユリウス帝の信条だ。

だが、今のユーリは幼女であり、アデリーナは敵ではない。それに加えて……

(クロードと同じAランクらしいが、雲泥《うんでい》の差だな)

最初は興味深く観察していたユーリだったが、だんだんと興が冷めていった。アデリーナがクロードほどの強さを持ち合わせていたら、ユーリの食指《しょくし》も動いただろう。だが、ユーリと彼女の力量差では、ただの弱い者いじめになってしまう。

一方、アデリーナはユーリを計りかねていた。どう聞いても、八歳の幼女の返答ではなかったからだ。普通は対抗心を持つか、怖がるか。「興味がない」と言う子どもでも、滲み出る恐怖心は隠しきれない。

だが、ユーリの反応はどちらでもなく、まるで「戦う価値がない」とでも言っているようだった。

「そっか、残念」

それだけ言ってアデリーナは切り上げたが、ユーリに対して強い好奇心を抱いた。

(本当に貴族令嬢？　クロードとも縁があるようだし。まあ、そのうち機会があるかもね)

当のユーリはすでにアデリーナから関心を失い、別の場所に視線を向けていた。

「子どもが子どもの面倒を見るのか」

広場の外れでは、五歳くらいの幼児が赤子を背負ってあやしていた。

「孤児院はみんなで助け合う場所なんだよ。自分ができることをやる。そして、それがみんなのためになる。それを学ぶの」

「みんなのためか……」

その光景はユーリの心に小さな波紋を生み出した。

「よし、では、余もできることをやるとするか」

その声はアデリーナに挑まれたときよりも弾んでいた。

「じゃあ、一緒にお昼ご飯を作ろっか？」

「任せておけ。先日の成果を発揮してみせよう」

他の子どもたちに交じって作った昼食は大好評だった。


日が暮れる頃――

「戻ったぞ」

リーダーの少年を先頭に二〇人近くの孤児が戻ってきた。少年の態度はぶっきらぼうだったが、ミシェルはそれを気にした素振《そぶ》りもない。

「お帰り、アルス。みんなもお帰り」

「「ただいまー」」

子どもたちの挨拶が重なる。

「ミシェル姉《ねえ》、今日は群生地を見つけたから大収穫だぞ」

アルスという名の少年が誇らしげに告げる。彼は一四歳、来年には卒院する最年長者だ。

他の子どもたちはアルスと同じくらいの年から下は七、八歳まで。自分と同じくらいの子どもたちが働いていると知り、ユーリは心を動かされた。

「よくやったわね。エラいエラい」

頭を撫でようとしたミシェルの手をアルスは振り払う。

「子ども扱いするなよ。大して年は変わらないだろ」

「そういうのは、成人してから言いなさい」

それは歳をとったらという意味ではなく、食い扶持《ぶち》を自分で稼げるようになったらという意味だった。

「むっ」

アルスは反抗的な態度を示すが、同時に、赤くなった顔を俯《うつむ》いて隠した。その初々《ういうい》しさにユーリの口元が緩む。

——前途多難だな。

ミシェルの気持ちを知っているだけに、アルスの困難が分かった。

その後も、街に出ていた子どもたちが次々と帰ってくる。

「彼らも外で働いているのか？」

「あの子たちは冒険者として仕事してるんだ」

「あの年で魔獣と戦うのか？」

子どもたちは武装しておらず、戦闘力も感じられず、ユーリは不審に思ってミシェルに尋ねた。

「まさか。まだ戦えないよ」

「では？」

「なにも魔獣と戦うだけが冒険者の仕事じゃないよ」

「ならば、なにを？」

「街中で仕事をするのよ」

「仕事？」

「ええ、いろんな仕事があるのよ。たとえば——」

ミシェルはいくつかの例を挙げていく。それを聞いているうちに、先ほどユーリの心に生じた波紋は大きく広がっていった。


夜——

帰宅したユーリにクロードが問いかける。

「孤児院はいかがでしたか？」

「有意義であった」

「なにかありましたか？」

ユーリの顔が朝とは変わっていることに、クロードは気がつく。

「この一週間、余はずっと考えていた。『自分のために生きる』ことの意味をな」

「ユーリ様がなにかを考えているのは把握しておりました」

聞かれればなんでも答えるが、尋ねられない限りは口を挟まない。それが二人の距離だ。

「その答えに近づくための一歩を孤児院で得た」

一体それがなにか。クロードには予想がつかない。

「この家での暮らしは楽しい。そなたやミシェルやルシフェ、三人と一緒に食事をしたり、家事をこなしたり。誰に束縛されることもなく、好き勝手に過ごせる」

ユーリは直接答えるのではなく、遠回りな会話を始めた。その語り方は珍しく、クロードを驚かせる。ユリウス帝がなにか決定を下すとき、長々と説明したりはしない。ただこうせよと告げるだけだ。戸惑うクロードを気にせず、ユーリは続ける。

「食べたい料理があればミシェルが作ってくれ、一日くらい家事をサボってもなんの問題もない。誰かに命令されることもない。まさに自分のための生活だ」

それでも、ユーリはこの生活に満足していない。

「だが、今の生活はこの家に縛られている。皇帝という立場に縛られているのとなにが違う？」

クロードは前世も今世もユーリのために生きてきた。故に、彼は答えられない。

「確かに今は他人の命を背負ってはおらん。だから、間違えても構わない。その点、気楽ではあるのだが、今の生活を続けるのが正解とは思えん」

ユーリが転生して最初に望んだのは、前世からの解放だ。しかし、解放された先になにがあるのかも分からないまま、この一週間を過ごしてきたのだ。

「そもそも『自分のために生きる』がどういうことかすら分かっておらんし、この生活からは得られないと悟った」

ユーリは続ける。

「であれば、違う方法を試すしかなかろう。余はこの家を出る。安心しろ。この家から飛び出すわけではない。ちょっと外の世界に出てみるだけだ」

「そうでしたか」

遠回りした話が終点に向けて近づいていく。

霧が晴れていき、頂上が見えてきた。

「市井の者は幼い孤児であっても、食うために働く」

これが孤児院で得られた一歩。

「余はその生活を知らぬ。その生活から得られるものも知らぬ」

目的が定まれば、躊躇わずに一歩を踏み出す。

「だから、余は冒険者になると決めた。この身体で稼げるのは、冒険者くらいしかないからな」

「御意」

クロードの本音は「ユーリ様がそのようなことをなさらずとも」だ。自分一人でユーリを養うだけの蓄《たくわ》えがあり、それが尽きたとしても、Aランク冒険者として稼げば良いだけだ。そう思っていても、主の決定に異を唱えることはない。

「不服か？」

「いえ」

だが、顔に出ていたようだ。ユーリはそれを見逃さない。だからこそ、安心させるために冗談めかす。

「稼げるようになって、そなたに美味いものを食わせてやる。楽しみに待っていろ」

こうして、ユーリの二度目の人生は、次の段階へ進むことになった。

◆◆ 第二章　冷酷皇帝は冒険者になる ◆◆

翌朝――

ユーリは冒険者生活を始めるために、クロードと共に家を出た。朝が早いせいか、ユリアナは目覚めていない。ここしばらく一緒に過ごして分かったのだが、彼女はいつも起きているわけではない。日によってはまるまる起きないこともある。理由は分からず、ユーリもあまり気にしていなかった。

二人は冒険者ギルドへ向かう。

ギルドは街門近くに存在する。

先日のワイバーン騒動のように、有事の際にいち早く動くためだ。

荒くれ者が多い冒険者が暴れても、強大な魔獣に襲われても迎撃《げいげき》できるよう、堅牢《けんろう》な石造りの建物だ。

ギルドとは冒険者のための斡旋所《あっせんじょ》であり、社交の場であり、トラブルが発生する場所である。

やれ割り込んだだの、やれ足を踏んだだの、挙げ句の果てには、目が合っただの。揉め事は枚挙《まいきょ》にいとまがない。

朝早い時間であるが、ギルド内は依頼を受けるため数十人の冒険者が行き交い忙しない。

むせ返る熱気を浴《あ》び、ユーリは懐かしさを感じる。

「勝ち戦が始まる前のようだ」

どこか似た空気があった。

「ずいぶんとヌルいがな」

今日、命を落とす者は少なく。

今日、誰かを殺す者はさらに少ない。

危険を伴《ともな》う仕事とはいえ、戦場を知る者にとってはお気楽なものだ。

それに加えて――

「アデリーナだけではないようだな」

ユーリは失望をあらわにする。彼女は他人の『魔核』の強さを推《お》し量《はか》れるが、この場にいる冒険者たちは、帝国軍でいえば雑兵《ぞうひょう》並みの『魔核』しか持ち合わせていなかったからだ。

「平和ボケしているだけか、それとも……。クロード、心当たりはあるか？」

「いえ、原因は私にも分かりません」

「そうか、まあ良い」

ユーリが進むと、場違いな闖入者《ちんにゅうしゃ》に冒険者の視線が集中する。

だがすぐに、その背後で睨みを利《き》かすクロードに気づいて、慌てて視線を逸らす。クロードがユーリという幼女と暮らしているという噂《うわさ》はすでに広まっている。

冒険者はすべて自己責任。好奇心は猫を殺す、だ。

そんな中、恐れ知らずに近づく者が一人。

「ねえちゃ」

「ルシフェか」

ユーリ以上にこの場所に似つかわしくない幼女に抱きつかれる。

「だっこ～」

自然とユーリの手が伸び、ルシフェを抱え上げる。

「わーい」

きゃっきゃと浮かれるルシフェに続いて、アデリーナが現れた。

「あら、クロードにユーリちゃん」

「なんの用だ」

クロードが間に入って遮《さえぎ》る。

「もう、そんなに警戒しないで」

アデリーナはおどけてみせる。

「そっちも子守《こも》り？」

「ユーリ様を子ども扱いするな」

「へえ。まあ、いいや。ルシフェ、行こう」

「やだー」

ルシフェはユーリの腕の中でバタバタと暴れる。

「今日の余は忙しいのだ。また今度、時間があるときに遊んでやる」

「えー、わかったー」

ユーリが諭《さと》すと、ルシフェはスッと下りる。

「じゃあ、またね。今度、一緒に遊ぼうよ」

手を振って、アデリーナが踵を返し、二歩、三歩、進んだところで振り向く。

「ママが必要になったら、声かけてね。クロードパパ」

「なっ……」

クロードが返事をするより早く、アデリーナは人波に紛れてしまった。

「まあ、良いではないか。それより、仕事だ。どうするのだ？」

「依頼を受けるにはあちらの掲示板で依頼を選び、あのカウンターで受注手続きをするのです」

掲示板の前には人だかりが、カウンターの前には列ができていた。

「ユーリ様の場合は、冒険者登録が必要です」

「依頼受注と一緒にできるか？」

「可能です」

「なら、先に依頼を見るか。ほら、行くぞ」

依頼を受けて、それを解決――いかにも冒険者だ。新しい生き方を彼女はもう待ちきれなかった。

二人が向かったのは、壁にある大きな掲示板だ。多くの依頼票がひしめくように貼《は》られている。

今は他の冒険者たちが競うように依頼を奪《うば》い合う時間帯だ。大きな背中の山に阻《はば》まれ、ユーリの背丈ではなにも見えない。

「クロード。抱っこだ」

「はいっ!?」

いつも冷静沈着なクロードが驚いて落ち着きをなくす。

「ほら、早くせい」

ユーリはさっきのルシフェの真似をする。両腕を上げて、抱っこをせがむポーズだ。

「わ、分かりました」

「おお、これは新鮮だな。前世でもなかった経験だ。悪くない」

クロードは動揺するが、ユーリはそんなことお構いなし。その視線は掲示板に釘付けだ。

「ほう、いっぱいあるのだな」

「冒険者登録をしたばかりのFランクで受けられる依頼は、ここにあるものだけです」

掲示板はいくつかに区分けされ、それぞれのランクごとに依頼票が貼られている。ふむふむと、ユーリは興味深げに観察する。

「どれどれ、Ｆランクで受けられる依頼は……」

ユーリはクロードの腕の中で、小さい身体を懸命に伸ばして依頼票を見ていく。

「よく見えん。もっと右だ」

「はい」

「少し下だ」

「はい」

「近《ちこ》う寄れ」

「はい」

クロードは言われるがままに動く。

「少し、空けてくれ」

クロードが周囲に告げると、すっと波が引く。

「ほう、楽にはなったが、申し訳ない気もするな」

皇帝時代ならいざ知らず、今は新人冒険者。特別扱いは望んでいない。

「皆の者、余のことは気にするな。遠慮は無用だ」

そう言われても、冒険者たちは遠巻きに眺めるだけだ。

「まあ、よい」

ユーリはそれ以上は気にしなかった。

「やはり、街中の雑用ばかりだな」

孤児院でのミシェルとのやり取りを思い出す。

「駆け出しに危険な仕事は任せられない。新兵と同じだな」

「私と一緒なら、上のランクの依頼も受けられますが」

「いらん」

ユーリはクロードの提案を退ける。

「自分の手で、一から始める。その方が面白いだろ？」

クロードは息を呑《の》む。前世では見ることのできなかった、キラキラとした瞳にぱあっと咲く笑顔が目の前にある。

「よし、これに決めた」

「ドブさらいですか？」

「不服か？」

「いえ、疑問に思ったのです。どうしてそれを選ばれたのですか？」

「なに、皇帝の仕事からもっとも遠そうな依頼だからだ」

意外な理由にクロードは驚く。

「ですが、ユーリ様の身体では大変な仕事ですよ？」

「大変な仕事？」

「はい。筋肉を使う重労働です」

「なあ、クロードよ」

ユーリはごく普通の声音で尋ねる。

「頷くだけで多くの者が死ぬ。それより大変な仕事があるのか？」

その言葉に、クロードの中で前世の記憶が蘇る。

†

そこは戦場だった――

厳しい戦闘が一段落し、窮地を脱したところで、クロードは本陣の天幕を訪れた。数名の部下を中心に、ユリウスは椅子に座っている。

「陛下、ご報告に参りました」

「申せ」

「敵軍は潰走《かいそう》いたしました」

「我が軍の被害は？」

「死者は二〇〇名ほど、負傷者も軽微。我が軍の完全勝利です」

「そうか」

ユリウス帝は感情を削《そ》ぎ落とした顔で頷く。

「ウィラード隊は？」

「隊長ウィラード以下、全一一三名、勇猛果敢《ゆうもうかかん》に奮闘《ふんとう》し、最期まで任務を果たしました」

ウィラード隊は決死隊だ。命がけで敵を撹乱《かくらん》し、時間を稼ぐ。それが彼らに課された使命だ。それを命じたのはユリウス帝……彼がウィラードたちに死ねと命じたのだ。より多くの命を救うために。ウィラード隊が敵を食い止めなかったら、一〇〇〇人近い被害が出ていただろう。数字だけ見れば、ユリウス帝の決断は間違っていない。最善の決断と言える。

ユリウス帝は表情も変えず、その命令を下した。冷酷皇帝の名が示す通りに。

「ご苦労。下がってよい」

「御意」

クロードが頭を下げると、ユリウス帝は立ち上がり、皆に背を向ける。冷酷皇帝と呼ばれる彼だが、感情がないわけではない。むしろ、並外れた激情があればこそ、ここまで覇道を歩めたのだ。

——余が至らぬせいで、そなたらを殺した。許せとは言わん。余を恨んで構わん。すまなかった。

湧き上がる感情を押し殺し、決して表には出さない。皇帝ゆえの孤独だ。

クロードをはじめ、誰もその背中に声をかけられなかった。

「どうしたのだ？」

ユーリの声でクロードはハッと我に返る。

彼女は機嫌がいいようだ。手に持つ依頼票を眺めて鼻歌を歌っている。見かけのままの可愛らしさ。鉄と血からほど遠い存在。

「いえ、なんでもありません」

「普通の冒険者はこういった仕事から始めるのだろう？　だったら、丁度いい」

ユーリ様は普通に生きたいのだ。普通の人が送る人生を体験したいのだ。

今度こそ、ユーリ様にはすべてを背負わせない。

ユーリ様には、ずっと笑っていてほしい。

その笑顔を守るためなら、なんでもしてみせる。

クロードは固く誓った。

†

†

ユーリは冒険者登録と、ドブさらいの依頼受注を済ませた。

「余は仕事に行ってくる。夕刻にここで落ち合うとするか」

「承知しました。ここでお待ちしております」

「そなたも依頼を受ければ良いではないか」

「いえ、私はここで」

その生真面目さにユーリは呆れ声を出す。

「好きにせい」

クロードと別れ、ユーリは指定された場所に向かう。ドブさらいの依頼は区分けされており、依頼時に指定された場所以外で仕事をすることは禁止されている。冒険者同士の奪い合いを避けるためだ。アタリの場所もあれば、ハズレの場所もある。

「前世でも、縄張《なわば》り争いは厄介だった」

よくできたルールだと感心する。身の丈ほどのシャベルを背負い、歩いていくと知った声に呼ばれた。

「あっ、ユーリちゃんもドブさらい？」

「うむ」

先日知り合った数人の孤児がドブさらいをしていた。皆、ユーリより体格も年齢も勝っている。

「一人で、大丈夫？」

「問題ない」

「頑張ってね！」

孤児と別れ、ユーリは歩き始める。

「ふぅ。なかなか遠かったな」

依頼受注が遅かったせいで、ギルドから遠いハズレの場所しか残っていなかった。彼女の幼い身体では、この場所まで来るのもひと苦労だった。

「まあ、これもこの身体に慣れるための修練だと思えば、どうということはない」

さて、依頼に取りかかろうと、もうひとつの仕事道具を広げる。

「この袋もこの身体だと大きいな」

防水加工された布袋。魔道具のひとつで、前世にはなかったものだ。

「便利になったものだ。使い道はいくらでもある」

自然と戦場に思いを馳せ、その用途を考えてしまうが、すぐに首を振って意識を戻す。

「今はそれより、ドブさらいだ」

仕事はシンプルだ。この布袋にドブに溜まった汚泥《おでい》やゴミを詰めていくだけ。シャベルと布袋、どちらも冒険者ギルドの資材課から借り受けたものだ。ユーリが作業に取りかかろうとすると――

「あら、この前のお嬢ちゃん。ドブさらいかい？」

以前、ミシェルと買い出しに来たときに会った八百屋のおかみだ。

「お嬢ちゃんじゃない。ユーリだ」

「ユーリちゃんはちっちゃいのに、エライね。頑張りなよ」

「任せておけ」

子どもらしからぬ言葉に、おかみは「ふふっ」と笑った。

子どもらしい扱いを受けて、ユーリも喜んで笑顔を返す。

ユーリはすぐに気持ちを切り替えて、仕事に取りかかる。ドブからは悪臭が漂《ただよ》う。不快な臭《にお》い。

皇帝や貴族令嬢であれば、一生、縁がない悪臭。

しかし——

「クロードが言っていたほどではないな。なに、戦場の臭いに比べれば、たいしたことはない」

数百数千、数えきれぬ亡骸《なきがら》。

血と臓腑《ぞうふ》の立ちこめる臭い。

腐乱《ふらん》した肉にうごめく蛆虫《うじむし》。

戦場に生きたユリウス帝にとっては、死の香りですら慣れ親しんだものだ。ドブの空気などまったく問題にならなかった。

「さあ、始めるぞ」

一時間後——
「ふぅ、やっとひと袋か……」

全身汗だくで、髪は張りつき、服には飛び散った汚泥がまだら模様をつけていた。疲れ切ったユーリはその場にへたり込んでしまう。

【身体強化】は使えば楽なのだが、使うつもりはない。この魔法は身体にかかる負担を魔力で軽減させる魔法だ。身体への負荷が少なくなる分、筋肉や骨の成長を阻んでしまう。

「この身体では本気で鍛えないと使い物にならんな」

疲れた身体に鞭《むち》を打って、シャベルを支えに立ち上がる。

「クロードには五袋こなしてやると啖呵《たんか》を切ったからな」

皇帝の言葉に二言はない。どんな局面でも、一度口にしたことは絶対に実現してきた。今世でもそれを違《たが》える気は毛頭ない。

汚泥の詰まった布袋は約五キログラム。これを指定された倉庫に運ぶまでが仕事だ。しかし、そこで困ったことになった。シャベルをどうするかだ。

ユーリの身体では、シャベルを持ったまま袋を運ぶのは不可能だ。かといって、置きっぱなしにして盗《ぬす》まれても困る。

さっきの孤児たちのように、この仕事は数人のグループで受けるのが普通だ。その場合は役割分担できるので、なんら問題はない。

しかし、ユーリは一人きり。彼女は頭を巡らせ、アイディアを思いつく。

皇帝時代だったら、浮かびもしなかった、ユーリとなったからこそ気づけた考え。その思いつきに、我ながら感心する。

「おかみよ」

声をかけたのは八百屋のおかみだ。

「ひとつ、頼みがある」

「あら、ユーリちゃん、どうしたんだい？」

「このシャベルを預かっていてほしい」

「ああ、そういうことかい。分かったよ」

いつもドブさらいを見ているおかみは、すぐにユーリの意図を理解する。

「うむ。助かる」

「なに、たいしたことないよ」

おかみはにっこりと微笑んで「転ばないようにね」と心配までしてくれた。

前世では命令するだけ。誰かに頼むことはなかった。誰かを頼るのは思いの外《ほか》、心地よい。

おかみにシャベルを預け、重い袋を持ち上げる。それだけで、身体がふらついた。

「うっ」

だが、なんとか踏ん張り、一歩を踏み出した。

ユーリの身体は疲れていた。彼女を支えるのは筋肉ではなく、強靭《きょうじん》な精神だ。

激戦の末、窮地を脱し、怪我をした配下三名を抱えて走り抜けたことがある。その時の重さは、命の重さだった。それに比べれば、ただの布袋など、どうということはない。

ゆっくりと、だが、確実に一歩ずつ進んでいき、指定場所の倉庫までたどりついた。

ユーリの姿を見ると、役人の男が駆け寄ってくる。

「お嬢ちゃん、ひとりかい？」

「ああ、そうだが？」

人好きのする男は、不審に思って問いかける。汚泥にまみれているが、孤児には見えない。それどころか、どこぞの令嬢らしき気品が感じられる。

そんな子が、どうしてドブさらいというキツい仕事をしているのか。

男の頭の中で、いくつもの悲劇が繰り広げられる。

「親御さんはどうした？」

「あれは親とは言わん。こっちから絶縁してやった」

「…………」

男は絶句した。頭に浮かぶ言葉は——虐待《ぎゃくたい》。

そして、怒りがこみ上げてくる。だが、怖がらせてはいけないと、慌てて笑顔を作る。

「頑張るんだよ。俺はいつもここにいる。なにかあったら、頼ってくれていい」

「いざという時には、助けてもらうぞ」

ユーリの言葉に男の目尻《めじり》が光る。

「ああ、ああ、もちろんだとも」

男は目元を拭い、自分の仕事を思い出す。

「じゃあ、その布袋は預かるよ。冒険者タグを貸してごらん」

「うむ」

「よし、これで手続き完了だ。まだ、頑張るのかい？」

「ああ、今日中に五袋、終わらせると約束したからな」

男は思う。「それは約束じゃなくて、命令なのでは」と。だが、その先は自分の領分ではない。

両の拳を固く握り、笑顔で見送ることしかできなかった。

ユーリは温かい気持ちで、ドブさらいの仕事に戻る。

まだまだ、一日は始まったばかりだ。


夕刻——

ユーリはドブさらいの仕事を無事に終えた。クロードの顔を想像して笑みがこぼれる。

「ユーリちゃん、よく頑張ったね」

帰ろうとすると八百屋のおかみがにっこり笑顔で、ユーリにトメィトを手渡す。

「お腹すいたろう？　こいつでも食べて、疲れをとりなよ」

「よいのか？」

真っ赤に熟したトメィトの実。ユーリは受け取った実を、ひと口齧《かじ》る。「美味いっ！」と思わず声が出る。

トメィトは珍しい野菜でもなく、前世でももっと品質の良いものを食べてきた。だが、一日の過酷な労働を終えた全身に染み渡る美味しさは格別だった。続けて、二口、三口と止まらない。あっという間に食べ終わり、名残惜《なごりお》しそうに口元を拭う。

「あはは。そんなに美味しそうに食べてくれると、こっちまで嬉しくなっちゃうよ」

おかみは豪快に笑うと、袋に野菜を詰めてユーリに差し出す。

「ほら、これも持っていきな」

「よいのか？」

「ああ、売り物にならないヤツだから、気にすることないよ」

少し古くなったものや、部分的に傷《いた》んでいるもの。売ったとしても二束三文だが、食べるだけなら問題ない。

「食べ物に困ったら、いつでも来るんだよ。売れ残った野菜ならいくらでもあるからね」

ユーリは受け取った厚意に困惑する。こんな思いは初めてで、皇帝では味わえない感情だ。

「感謝する」

お礼の言葉を伝え、露店から離れる。

「労働の対価は、このようなものもあるのか」

初めて知る、庶民の生き方。胸を打つ気持ちが疲れた身体を温める。その気持ちを大事に運びつつ、ユーリは冒険者ギルドに向かう。

ギルドではクロードが待っていた。

「お疲れ様でした。その袋はどうしたのですか？」

「ああ、労働の報酬《ほうしゅう》だ」

「報酬？」

「ほら」

困惑するクロードに袋の中を見せる。さり気ない風を装っているが、口元が得意げに浮かれていた。中を見て、クロードは再度、首をかしげる。

「これは――野菜ですか？」

「ああ、健気《けなげ》な幼女の働きぶりに感動した八百屋のおかみがくれたのだ」

ユーリが自慢げに目尻を下げ、クロードが頬を緩める。

「なにを呆《ほう》けておる。そろそろ限界だ。これを頼むぞ」

ユーリは反対の手に握っていたシャベルも渡す。

「ほら、手続きを済ませるぞ」

歩き出したユーリの背を、クロードが追いかける。

「結果はいかがでした？」

「約束は果たしたぞ」

「それでは、本当に五袋も……」

「いや、六袋だ。余を見くびるでない」

一瞬、驚き。

次に、納得。

「余がやると言って、できなかったことがあったか？」

ユリウス帝は「できるかどうか」は一切考えない。「どうやって実現させるか」だけを考える。

そして、それをすべて叶えてきた。

クロードは思う。こういう御方だからこそ、人生を捧げたのだと。


「はい、こちら報酬の六〇〇ゴルになります」

ユーリは受付嬢から六枚の硬貨を受け取り、ギュッと握りしめる。子どものお小遣い程度の報酬。

だが、それはユーリが生まれて初めて、いや、前世も通じて、初めて受け取った労働の対価だ。

八百屋のおかみからもらった野菜も嬉しかったが、この報酬は社会が認めたものだ。労働の価値を、役に立ったことを認められたのだ。

「どうだ、クロード。凄いだろう」

ユーリは無邪気《むじゃき》に笑う。

「では、帰って夕食にしましょう。ミシェルが待ってますよ」

「なあ、クロードよ。ちょっと寄り道をしようではないか」

「寄り道ですか？　もちろん、構いませんが」

「仕事中に気になった場所があってな」

「承知しました。お付き合いいたします」

「ついてまいれ」

ギルドを出た二人は、大通りを進む。

「それで、どちらへ？」

目指すは依頼中に見つけた場所だ。

「『くしゃーき』だ。知っておるか？」

「くしゃーき、ですか？　いえ、存じません」

「そうかそうか。クロードも知らんのか」

ユーリは勝ち誇ったように、満足気な笑みを浮かべる。

二人は夕方の喧騒《けんそう》の中、街を歩いていく。通りには屋台が並ぶ。そのうちの一軒《いっけん》。食欲をそそる匂いに吸い込まれるように、ユーリは向かっていく。

「ここだ」

「へい、らっしゃい。お嬢ちゃん、串焼きいるかい？」

「ほら、これがくしゃーきだ」

「串焼きでしたか……」

「なんだ、知っておったのか」

ユーリは少しつまらなそうな顔をしたが、鼻をくすぐる肉の焼ける匂いと甘辛いタレが焦《こ》げる香りにすぐに機嫌をよくする。

「オヤジ、一本いくらだ？」

「三〇〇ゴルだよ。何本にする？」

屋台のオヤジはニカッと笑う。

だが、ユーリは「……三〇〇ゴル」と暗い顔をする。今日一日、一生懸命働き、疲労困憊《こんぱい》になって得た報酬が串焼き二本分。現実の厳しさを思い知らされた。

「ユーリ様、ここは私が立て替えましょうか？」

「いや、いらん。オヤジ、二本くれ」

「あいよ。ほら、美味しいぞ」

ユーリは手の中で汗ばんでいた六枚の硬貨を渡し、串焼きを受け取る。

「まいどあり～」

オヤジの声を背に、二人は屋台を離れる。なんの変哲《へんてつ》もない、ありふれた串焼きだ。

「ほれ、そなたの分だ」

「良いのですか？」

「ほう、余からの下賜《かし》を躊躇うとは、ずいぶんと偉くなったのだな」

「失礼いたしました」

クロードは心から侘びて、串焼きを受け取る。

「戯《たわむ》れだ。そなたには感謝しておる」

その心に偽《いつわ》りはない。

「ありがたく頂戴《ちょうだい》いたします」

「まあ、待て」

口をつけようとしたクロードを制す。屋台で売っているのは、手軽に食べられるものばかり。周りを見れば、人々は歩きながら食べている。ユーリもそうしようかと思ったが、考えを変えた。

「どこか、座れる場所はないか？」

「では、こちらに」

せっかくの串焼きを、しっかり味わいたかったのだ。

二人はしばらく歩き、落ち着いた場所のベンチに並んで腰を下ろした。

「待たせたな」

「いえ」

「いただこうじゃないか」

「いただきます」

鼻いっぱいに匂いを吸い込み、がぶりと食らいつく。

串焼きは行儀良くかしこまって食べるものではない。

豪快にかぶりつく。それこそが、正しい食べ方だ。

一日の重労働の後に味わう、濃いタレと脂《あぶら》の滴る肉。

ユーリはあっという間に一本を食べ尽くしてしまう。

「呆気ないのう……」

名残惜しそうに串を凝視《ぎょうし》し、はしたないとは分かっていても、残ったタレをペロッと舐《な》めた。

一方、クロードはひと口ひと口ゆっくりと串焼きを噛みしめ食べる。

「なんだ、もったいつけおって」

「陛下からの下賜品ですので」

先ほどの意趣返《いしゅがえ》しだ。ユーリが「ぷっ」と噴き出すと、クロードもつられて笑った。

そのとき、中途半端に食欲を刺激されたせいだろうか、ユーリのお腹が「くぅ」と鳴る。クロードは「召し上がりますか」と串焼きを主の口元に近づけた。

ユーリはそれをまじまじと見つめる。

葛藤《かっとう》した。

心は反対する。

だが、身体は賛成だ。

結局、勝利したのは――

「臣下の忠義、受け取らんわけにはいかんな」

言い終わるや否や、ユーリは串を奪い取り、食らいつく。

「ふう。余は満足だ。大儀である」

いくら皇帝ぶってみても、微笑ましいだけだった。

「ユーリ様、失礼します」

「うむ？」

「タレがついてますよ」

クロードは噴き出しそうになるのを必死でこらえながら、ユーリの口元を拭う。

「むっ、子ども扱いするな」

「と申されましても、年相応の振る舞いですよ」

「ふん」

ユーリは顔を背ける。そして、ひと息ついた後、一日を振り返ってボソッと呟く。

「庶民の生活とは、こんなに厳しいものだったのか……」

皇帝としての暮らし。皇帝には見えなかった下々《しもじも》の暮らし。どちらが過酷《かこく》か比べるのは不可能だ。

だが、ユーリは「この生活も悪くはない」と思った。夕陽に向かって立ち上がる。

「ミシェルが待っておるのだろう」

「はい、腕によりをかけて待っております」

「急ぐぞ」

「御意」

ユーリはクロードに振り向いた。銀色の髪が夕日に光り、クロードは目を奪われた。

†

ユーリが冒険者登録してから一週間——

依頼をこなすのにだいぶ慣れてきていたが、今日はいつもより帰宅が遅かった。

日が傾き、魔道具の明かりの下、ダイニングのテーブルにはいつでも食べられるように料理が準備されている。

ミシェルは向かい合って座るクロードに尋ねた。

「今日は遅いですね。ユーリちゃん、大丈夫でしょうか？」

ミシェルは眉をひそめる。街に出た孤児がトラブルに巻き込まれるのを何度も見てきたからだ。

先ほどから、席を立ち、カーテンをめくり、また、席につくのを繰り返していた。

「なにが起ころうと、ユーリ様なら問題ない」

毅然《きぜん》と答えるクロードの言葉にも、ミシェルは一抹《いちまつ》の不安を拭い去れない。

「るぅ、おなか、すいたー」

「もうちょっと待とうね」

「わかったー」

ルシフェは頭を撫でられ、良い子にする。すっかり四人目の場所に馴染んでいた。

ミシェルが再度、窓に視線を向けたとき、ルシフェが口を開く。

「ねえちゃ、きたー」

「そのようだな」

クロードは訝しむ。ルシフェがただの子どもでないことは承知している。だが、その正体を掴みかねていた。

直後、ガチャリと玄関のドアが開く。ミシェルは勢いよく立ち上がり、その拍子《ひょうし》に椅子が倒れる。

彼女は気にせずに、早足で玄関に向かい、クロードとルシフェもその後に続く。

「戻ったぞ」

「お帰りなさいませ」

「ねえちゃ、おかえりー」

いつもと変わらぬユーリの声。だが、その格好を見て、ミシェルは驚いた。

「どっ、どうしたんですか、その格好は!?」

「依頼だ」

ユーリは全身汚泥にまみれていたが、気にした様子もなく平然と答える。

「ドブさらいで、落ちちゃったの？」

「余がそのようなヘマをすると思うか？」

以前のユーリであれば、これで終わっていただろう。しかし、ミシェルの瞳が揺れるのを見て、言葉を繋ぐ。

「迷い猫の依頼だ。ドブに入っていたのを救った。なかなかすばしっこくてな」

「とっ、とにかく、お風呂です」

「そうだな」

ミシェルは「さあ、早く」とユーリの手を引っ張る。まずはタオルで拭くべきなのだが、動転していてそこまで気が回らなかった。

「るぅも、はいりゅー」

ポタポタと廊下を汚しながら、二人は風呂場に向かう。その後を小さな足が追いかけてきた。

無邪気な声に空気が緩む。ミシェルはユーリの顔を見る。ユーリは頷く。

「邪魔しちゃダメよ」

「わかったー」

「クロードさん、覗《のぞ》いちゃダメですよ」

「そんなことするわけがない」

脱衣所に入るや否や、ミシェルはユーリの服を脱がせようとする。

「いらぬ。自分でできる」

「そうだったね。ルシフェも自分でできる？」

「できりゅー」

その言葉を聞き、ミシェルは服を脱ぎ出す。

「ちょっと待て」

「やっぱり、手伝おうか？」

「いや、違う」

「待っててね。すぐに脱いじゃうから」

「そうではない。なんで、ミシェルが脱いでいるのだ」

「えっ？　だって、一緒に入らないと」

泥《どろ》んこ孤児の世話には慣れているので、さも当然、とミシェルは答える。

「嫌だった？」

「……構わぬ」

「さあさあ、身体が冷えないうちに」

素っ裸になったユーリは、ミシェルに背中を押され、浴室へと連れ込まれる。

「ユーリちゃんはそこに座ってね」

なにを言っても無駄だろうと、覚悟を決めたユーリは任せることにした。

その横では同じようにルシフェが座り、自分で身体を洗い始める。それを見て、やはり、納得がいかなかった。

ミシェルの手によってシャワーのお湯が頭上から注《そそ》がれ、茶色く変わって流れていく。お湯が本来の色を取り戻すと、今度は銀色の髪が白く染まる。

「ちゃんと目をつぶっててね」

「分かっておる」

「るぅ、おわったー」

「入って良いよ」

「わーい」

ルシフェが湯船に飛び込み、ドボンとお湯が跳ねる。

「きもちー」

ご機嫌に始まった鼻歌を聞きながら、身体と髪が洗われていく。

「ユーリちゃんは肌も髪も綺麗ね」

「ん？」

「私の髪はゴワゴワだし、肌も手も荒れてる」

「言うほどでもないが、それがどうした？」

「うん、ちょっと羨《うらや》ましいなって」

「なら、クロードに治してもらえばいい」

ミシェルがなにを言いたいのか、ユーリには分からなかった。

クロードに限らず、皇帝とともに戦場を駆けた者は、本職には敵《かな》わずとも治癒《ちゆ》魔法が使える。彼の性格からいって、親しい相手が頼めば、治癒魔法をかけてくれるだろう。それほどの手間ではないし、損するわけでもない。

「それはそれで、嫌なんだよね」

「なにが言いたい？」

「この手はね――」

ミシェルが手を見せる。

小さい傷が目立ち、ひびやあかぎれも少なくない。

「私が生きてきた証なの」

前世を思い返す。ユリウスはどんな小さな傷でも治癒魔法で治した。常に万全の状態を保つためだ。「たいしたことない」との油断は、死に繋がりかねない。

だが、戦いの傷を誇る者もそれなりにいた。皇帝としては理解しかねたが、きっと今のミシェルと同じ気持ちだったのだろう。

それくらい、人の命は儚い。少しでも、生の実感が必要なのだ。

「でもね、たまにちょっと羨ましくなるんだ」

「ふむ？」

「ユーリちゃんみたいに、綺麗な姿をね」

「分からん。この姿は自分の力で手に入れたものではない。誇るべきは自らの手で勝ち取ったものではないのか？」

ミシェルの女心が、ユーリには分からない。

「ユーリちゃんは小さいのに、強いんだね」

「まあ、楽な人生ではなかったからな」

後ろからギュッと抱きしめられ、ミシェルの身体が押しつけられる。

ユーリは、自分の身体と彼女の身体の差異を感じた。

「余もそなたのように大きくなるのか」

「う〜ん……」

ミシェルは迷った。本当のことを告げるべきかどうか。

ユーリの身体はその年齢にしては、だいぶ小柄だ。それに比べて、ミシェルの身体は平均よりも大きい。

「大丈夫だよ。きっとユーリちゃんも私くらい背が高くなるよ」

「違う。そうじゃない」

「えっ？」

「胸だ」

「ああ、それか。うん、そっちも大丈夫だよ……」

心の中で「たぶん」と付け加えたミシェルの返事を聞き、ユーリは平らな胸に手を当てて首をかしげた。

髪と身体を洗い終わった二人は湯船に浸《つ》かる。三人で入ってもゆったりできる、広い湯船だ。

なぜかユーリはミシェルに抱っこされている。そのせいで、やはり、女の身体を意識させられる。

ふと思った疑問をユーリは問いかける。

「ミシェルは子はなさないのか？」

「なっ、なに、いきなり!?」

「その年頃だと、結婚して子を作るのではないか？」

このあたりは、前世でも今世でも違いはない。彼女の年齢なら、嫁いでいるのが当たり前だ。

「女の子に歳の話は禁句だよっ！」

「器量も悪くないし、身体も立派で、気立てもいい。男どもが放っておかないのではないか？」

「まあ、プロポーズされたことはあるけど……」

「特殊な性癖でも持っているのか？　人の性癖はそれぞれと言うからな。余は気にしないぞ」

「違うよっ！」

「なら、どうしてだ？」

「それは……」

「クロードか？」

「…………」

言わずとも態度が示していた。

「やめておいた方がいいぞ。あいつほどの堅物は見たことがない」

前世でもクロードは妻《めと》を娶らなかった。

ユリウス帝がいくら勧めても、「陛下が結婚するまでは」と頑《かたく》なに受け入れなかった。

もう少し年を重ねれば、ユリウスも世継《よつ》ぎのことを考えただろう。だが、それより先に転生してしまった。

ユーリは過去を思い出してしまい。

ミシェルは未来に自信が持てない。

沈黙が流れるが、それを破ったのはルシフェの声だった。

「るぅ、あがりゅー」

「そうだね、上がろっか」

「そうだな」

ルシフェのおかげで、三人とも、のぼせずに済んだのであった。

†

ユーリが冒険者生活に馴染んだ頃――

冒険者ギルドからではなく、名指しで指名依頼が入った。露店街にある八百屋のおかみから一日店長を任されたのだ。

ユーリたち四人は揃って八百屋に向かう。ルシフェはユーリとミシェルと手を繋ぎ、その後ろをクロードが歩く。今日はユリアナもやる気満々だ。

露店街は日の出とともに始まる。新鮮な食材を仕入れる料理人や仕事前の食事を調達する職人たちで、朝から活気が溢《あふ》れていた。ユーリも昼間に来たことは何度かあるが、朝の賑《にぎ》わいは初めてだ。今は昼間を早送りしたかのように忙しない。

「おかみ、依頼を受けに来たぞ」

「あら、ユーリちゃん。ミシェルちゃんがオススメしてくれたんだけど、本当に大丈夫かい？」

「ええ、おばさん、ユーリちゃんなら、きっと大丈夫ですよ」

そもそも、今回の件は二人の他愛ない会話が発端《ほったん》となった。

「最近、体調が悪いから、誰か変わってくれる人いないかね」

おかみにとっては世間話みたいなもので、期待していなかった。

「なら、ユーリちゃんはどうですか？」

まさかユーリを勧められるとは考えてもみなかったし、本当にユーリに務まるとは思えない。

「一応、私もついていますので」

ミシェルはこんな冗談を言う子ではない。ならば、と試してみることにしたのだ。


そんな経緯を経て、今日に至る。

「まだ幼いのに、読み書き計算ができるんだって、ホントかい？」

尋ねるおかみの声は少しやつれている。

「不安ならば、試してみるが良い」

「じゃあ、これが料金表だよ」

おかみが手渡したのは売り物の値段が書かれたリストだ。ユーリは一瞥すると――

「名前を知らないものがいくつかある」

ユーリは知らない商品の名前をおかみから教わる。「一度聞けば覚える」と言うユーリに、おかみはまったく信じていない顔を見せる。

「ホントかい？」

「ああ、値段もすべて覚えた。信じられないなら、尋ねてみよ」

「そうかい？　なら、ポティトはいくらだい？」

「一個八〇ゴルだ」

「へえ。ほんとに覚えたのかい？」

「不安ならば、他のも聞いてみよ」

「じゃあ、これは？」

「オニョン。九〇ゴルだ」

「こっちは？」

「キャラト。六〇だ」

「あらまあ、凄いねえ」

「計算もできるぞ、試してみよ」

「ポティト二個とキャラト一個だと、いくらか分かるかい？」

「二二〇だ」

だんだんとおかみの顔が変わっていく。

「じゃあ、三〇〇ゴルもらったら、お釣りはいくらだい？」

「八〇ゴルだ」

「ミシェルちゃん、この子は天才だよ！」

諳《そら》んじてみせるユーリに、おかみの目玉がこぼれ落ちそうだ。

「そうです！　ユーリちゃんは凄いんです！」

「さすがはミシェルちゃんが太鼓判を押す子だねえ」

ミシェルが胸を張る。クロードは当然とすまし顔。ユリアナは感嘆するばかり。ルシフェはトメィトの実をツンツンしている。

「これなら、安心だねえ。ただ、子どもが店番やってると不届き者が来ないか心配だよ」

「私がついてますので」

クロードが答える。

「Aランク冒険者さんがいてくれるなら安心だけど。ほんとに良いのかい？」

クロードのような上級冒険者の稼ぎからすると、露店の店番代など雀《すずめ》の涙《なみだ》だ。

「なら、店は任せたよ。儲《もう》けは気にしないでおくれ。常連さんに売るだけで構わないからね」

「それも安心せよ。おかみが驚くほどの売上げを見せてやろう」

「ははは。じゃあ、楽しみにしているよ」

「それより、おかみこそ、大丈夫なのか？」

「休めばすぐに良くなると思うから、今日はお願いするよ」

「であれば、余に任せてしっかりと療養《りょうよう》せよ」

顔色の悪いおかみだったが、安心した様子で店を離れていった。

おかみが去ると、ユーリはクロードに命じる。

「そなたがそんなところで睨んでおったら、客が寄りつかんぞ」

いくらクロードが普通に立っているつもりでも、一般人はその威圧感に尻込みしてしまう。

「おかみの手前、言わせたが、護衛が必要ないことはそなたが一番知っているであろう。別の依頼でも受けてこい。いや――」

彼女は視線をミシェルに向ける。

「普段から頑張ってるミシェルを労ってやれ」

「えっ⁉」

ユーリの提案にミシェルは顔を赤くするが、その目は期待に満ちている。

「二人でデートでもして、美味いものを食わせてやれ」

「でっ、デートですか⁉」

「ああ。ミシェルは嫌か？」

「いえいえ。私としては……。でも、クロードさんはいいんですか？」

「ユーリ様の命令とあらば」

「ということだ。楽しんでこい」

「はいっ！　クロードさん、行きましょ！」

二人が去り、ユーリはルシフェに注意する。

「あまり、売り物に触るでない」

「わかったー」

手は離れたが、視線は離れない。今にもヨダレが垂れそうだ。

「仕方のない奴だ。ほら、余の奢《おご》りだ」

「わーい、ねえちゃ、ありゃあと」

ルシフェはトメイトにかぶりつく。

冒険者生活を始めてしばらく経った。一日の稼ぎは少なくても、特に使い道もないので、それなりのお金を貯め込んである。これくらいの出費はどうということもない。お釣り用の硬貨が詰まったカゴに一〇〇ゴル硬貨を一枚入れ、一〇ゴル硬貨を二枚ポケットに入れる。

「なあ、お嬢ちゃん」

隣のソーセージ屋のオヤジが声をかけてくる。

「変な客が来たら言えよ、俺がなんとかしてやるから」

ガタイの良いオヤジが、力こぶを作ってみせる。

「元冒険者か？」

「よく分かったな。膝を痛めちゃってな」

オヤジは感心してみせるが、たまたまだと思っている。もちろん、偶然ではない。立ち方、重心の置き方ひとつで、戦いに身を置いていた者だと、ユーリには分かる。

「だが、こうやって商売するのも悪くない」

「なるほど」

「お客さんの笑顔が、なによりの報酬だ」

幼女に向けての話し方ではない。それに気がついて、オヤジは自分のことながら首をかしげる。

「まあ、頑張れよ！」

そんなやり取りをしているうちに常連客が何人かやって来た。皆、幼女二人の店番に驚くが、ユーリの計算力に感心し、お駄賃《だちん》をくれた。

やがて、一人の女性客が近づいてくる。今まで少し離れた場所から客とのやり取りを見ていた若い女だ。

「あら、カワイイ店長さんね」

「今日は余が代役だ」

「へえ、じゃあ、お願いしようかしら」

「なにが入り用だ？」

「ポティトを三個、オニョンが六個、それと、キャラトを四個ちょうだい」

そう言って、一〇〇〇ゴル硬貨を差し出す。

「今、これしかないから、お釣りは取っておいて」

他の常連のようにお駄賃をくれたように見えるが、ユーリにはバレバレだ。頼まれた野菜を袋に詰めながら、無愛想《ぶあいそう》に返事する。

「二〇ゴル、足らん」

「あら、計算を間違えちゃった。ごめんなさいね」

「ほう。計算間違えか。余を見くびるでない」

「バレちゃった？」

これだと支払いを誤魔化《ごまか》そうとした不届き者に見えるが、ユーリは女の意図をくみ取っていた。

「いや、心配してくれたのだろう。感謝して、二〇ゴル負けてやろう」

ポケットから二枚の硬貨を取り出し、カゴに入れる。

「そこまで見破られるとは思わなかったわ。大きなお世話だったようね」

女はお手上げとおどけてみせる。ユーリが店番をこなせるかと心配して、女はユーリをずっと見ていたのだ。悪意ではなく、善意による行為だ。女は「お駄賃よ」と一〇〇ゴル硬貨を一枚ユーリに手渡す。それを受け取ったユーリは躊躇わず、ポケットではなくカゴに入れる。この硬貨は自分の稼ぎではなく、おかみと女客の信頼関係が生み出したものだからだ。

「完敗よ」

ユーリの手元を見て、女が漏らす。

「なら、これからも贔屓《ひいき》にしてやれ」

「あはは。お店を出すときは教えてね。上客になるから」

「その機会があればな」

ユーリは女に袋を手渡す。

「シチューでも作るのか？」

「残念。カレーよ」

女は手を振って去っていく。

（今の人なんだったの？）

（大人になれば分かる）

それにしても、とユーリは考える。

――自分の店か。

女の言葉が耳の奥に残っている。隣のオヤジの言葉もだ。商売人も案外、悪くはないかもな。

「ねえちゃ、もいっこ」

キラキラとした目で見つめられる。ユーリはトメィトをひとつ放る。

「ほれ」

「ありゃあと。おいちー」

ルシフェはムシャムシャとかぶりつく。

「少しは店に貢献《こうけん》してもらわんとな。食べ終わったら、客寄せだ」

「む？」

「大声で『いらっしゃいませ』だ」

「わかったー」

(わたしも食べたいな)

(仕方ない。こっちも奢りだ)

(わーい)

ユーリは二人分の料金をカゴに入れ、トメィトを囓る。この前の報酬として受け取ったときは格別だったが、新鮮な野菜もまた別の良さがある。

(これはこれで美味だな)

(美味しー)

「ほら、汚れてるぞ」

ルシフェのベタベタな顔と服を拭いてやる。食べ終わったルシフェは満足そうに大声を出す。

「らっちゃまちぇー」

何度も繰り返される声。懸命に頑張っている幼女。

街ゆく人々はこちらに視線を向け、そのうちの一部が吸い寄せられてくる。


時が経ち、昼下がり――

ルシフェの呼びかけのせいか、ユーリの美しさゆえか、いつもより客足が好調で、すでにおかみが驚くだけの売上げを達成していた。

今も、数人の客が並び、混み合っている状況だ。ユーリが売り物を袋に詰め、お金のやり取りをしている間、果物を物色している一人の男がいた。

男はユーリが違う方を向いているときを見計らって、店から離れようとした。

「動くな」

大声ではない。幼女にしては冷たく低い声だ。だが、男を含め、その場にいた全員が、金縛《かなしば》りにあったように動きを止める。

命令するには、耳に響くのではなく、心を揺さぶる声でなければならない。

「両手を挙げろ」

より一層、低い声で命ずる。周囲の者は、その声が自分に向けられたものでないと知り、安堵《あんど》する。硬直《こうちょく》し、冷たい汗を流すのは、ユーリの視線が射すくめる男だけだ。

「おい、オヤジ」

「なっ、なんだ、一体」

ユーリに呼ばれ、ソーセージ屋のオヤジが店先に出てきた。

「その男の右ポケットを調べてみよ」

「おっ、おう」

男は逃げ出そうとして、自分の足がガクガクと震え、まともに歩けないと気がつく。両手を下ろすこともできず、オヤジが近づいてくるのが分かっても、何もできなかった。

オヤジはユーリに言われた通り、男のポケットをあさる。

「おいっ！」

ポケットからは数個のオランジが出てきた。

「ふてえ野郎だ！」

それを見て、数人の男が取り囲み、押さえつける。

「お嬢ちゃん、あとは俺たちに任せろ」

しばらくして、成り行きを見ていた一人が衛兵を連れてきて、万引き犯を連行していった。

「よく分かったな、お嬢ちゃん」

オヤジは感心する。

「悪事をなそうとする者は見れば分かる」

前世で悪意と戦い続け、その全てをはね除《の》けたのだ。万引き犯など、一目瞭然だ。

「すげえ、お嬢ちゃんだな。おかみはどっから連れてきたんだ？」

「ただのFランク冒険者だ。依頼ならギルドに伝えてくれ」

「あっ、ああ、そのときは頼む」

この騒動が落ち着くと、捕《と》り物劇《ものげき》の観客が店に押しかけた。「らっちゃまちぇー」の貢献もあり、飛ぶように野菜が売れていく。本来、買う気がなかった者も「良いものを見せてもらった」とお代とばかりに色をつけて買っていく。

「すまぬが、売り切れだ」

客がはける前に完売してしまった。

「残念だが、店番は今日だけだ。だが、ここのおかみはいい人だ。ぜひ、買いに来てやれ」

ドブさらいの報酬としておかみからもらったトメィトは、ユーリにとって値段以上の価値、いや、宝石以上だ。

これで少しばかり、借りを返せた。

まだ早い時間だが、ユーリは店じまいをする。客には完売だと告げたが、本当はトメィトが二個残っている。

「これはそなたの報酬だ」

「ありゃあと」

そのうちのひとつをルシフェに渡すと、もうひとつに齧《かぶ》りつく。

その瞬間、ユーリの心が晴れ渡った。

——ああ、これがそうだ。

市井の者にとっては当たり前すぎて気がつかない日常生活。

売って、買って、だが、品物と貨幣《かへい》以上のものを交換する。

悪人は滅《ほろ》びずとも、日常は進んでいく。太陽と同じように。

戦時下ではない、危険が迫っていない人々の暮らし。怯えることなく暮らす人々。

皇帝が求めていたものが、目の前にあった。さも、当然といった顔をして。

無意識にユーリの手が伸びる。だが、欲しい何かは、掴めるようで掴めない。手に馴染まない剣のごとき違和感に、ユーリは自嘲《じちょう》気味な笑みを浮かべる。

(どうしたの?)

(いや……なんでもない)

首を横に振り、ユリアナの問いを受け流す。

幼き手。ユリアナには見えないが、ユーリにはそれが赤く赤く染まっているように見える。

剣は、時間と努力を費やせば、手に馴染んだ。

——いずれ掴める日が来るのだろうか。

途端、街の喧噪が鼓膜《こまく》を打つ。日常が戻ってきた。さっきまでよりも明瞭《めいりょう》になった日常。だが、滲む目の先で、それはぼやけてしまう。

夕方になって、ミシェルとクロードが店に帰ってきた。ミシェルは浮かれ、クロードはどこか疲

れた様子だ。
だが、おかみは戻ってこない。
次の日も、また、次の日も、おかみの体調が戻ることはなかった。

◆◆ 第三章　冷酷皇帝は巻き込まれる ◆◆

『金《きん》の家鴨亭《あひるてい》』には悩《なや》める者に叡智《えいち》を授ける御子《みこ》様がいる。

最近、この街の富裕層の間に、そんな噂がひっそりと広まっていた。

金の家鴨亭は富裕層向けの酒場だ。平均的な市民の月収が二〇万ゴルであるのに対し、この店で飲み食いすれば軽く二万ゴルは超える。

普段は混み合うことがない高級店が、この噂のおかげで連日、大賑わいだ。

御子が訪れる日は、天井から下がった魔道灯《まどうとう》の明かりがいつもより眩い。叡智は密《ひそ》やかな神秘とするのではなく、共有知として広めるべきだとの御子の考えによるものだ。

店の中央に置かれた二人掛けの丸テーブルに噂の御子が悠然《ゆうぜん》と座っている。相談者が座る向かいの椅子から、ちょうど男が立ち上がったところだ。

男は憑《つ》き物《もの》が落ち、朝日のように顔を輝かせている。追加報酬を払おうとするが、御子は手でそれを制した。

テーブルの周りには二〇人以上の客がグラス片手に立っている。相談者の男はその輪を抜け、店を出ていった。

「お代わりだ」

御子――ユーリが告げると、給仕の少女が上客をもてなす態度で、空いたグラスにミルクを注ぐ。

ユーリは白く濃厚な朝搾《あさしぼ》りのミルクをひと口飲むと、普段と同じ声で問いかける。

「次は誰だ？」

「俺の悩みを聞いてくれ」

一〇代半《なか》ばの青年が手を挙げる。その手には小さな切り傷や火傷《やけど》が無数にあり、指先は黒ずんでいる。

青年はポケットから取り出した一万ゴル銀貨を五枚、テーブルの上に置く。銀貨はしっとりと湿っており、青年は汗ばむ手をシャツで拭ってから席につく。

「話してみよ」

噂の正体、それはユーリによる悩み相談だ。最初は軽い気持ちで他人の相談に乗っただけだったのだが、その評判はあれよあれよと広まり、今に至る。

昼間の庶民生活をひと通り味わったユーリだったが、夜の街はまた変わった顔つきで、本人も今の状況を楽しんでいる。

毎日ではないが、こうやって夕食後に家を出て、他人の悩みを解決する。ユリアナはおねむで、クロードには内緒。一人だけの夜遊びだ。

御子の相談料は一回五万ゴル。この値段は気軽に払えるものではない。それでもこの値段設定にしたのは金儲けのためではない。

ユーリが言うには、「安い値段で寄ってくる冷やかしに構ってるほど、余は暇ではない。それだけ払ってでも良いという、真剣な悩みだけで十分」とのことだ。

青年は二度、三度と息を吸い、気持ちを落ち着かせてから口を開く。

「俺は武器職人の助手をしてる」

本人は隠せているつもりだが、その声に怒りが乗っているのは、ユーリにはバレバレだった。素知らぬフリをして問いかける。

「歳は？」

「半年前に一五歳になった」

相談料の五万ゴルは若い彼にとっては全財産に等しく、今まで無駄遣いせずに貯め込んだ虎《とら》の子だった。

「その歳で助手か。優秀なのだな」

最初はまず褒めて、相手の緊張を取り除く。

ユーリが無意識に使っているテクニックのひとつだ。

しかし、それに気づきようもない青年は、満更《まんざら》でもないと頬を緩める。

職人の世界は徒弟《とてい》制。厳しい上下関係で、頂点に立つ親方の言葉は絶対だ。親方が「ゴブリン」だと言えば、ドラゴンでもゴブリンになる。そういう世界だ。

普通は一〇歳から一二歳で親元を離れて弟子入りし、見習いとして仕事を始める。そして、数年間の長い下積みを終え、親方に認められると、助手に昇格する。

普通、助手になるのは一八歳前後。一五歳で助手になれた青年は極めて優秀だ。

「最近ようやく、『俺一人で短剣を打って良い』と親方から許しが出たんだ」

青年の不満は親方へのものだった。

「親方は無茶ばかり言うんだ。一日で五本作れとか。職人だったら、良いものを作るのには時間が必要だって分かってるくせに。俺だってもう一日か二日もらえれば、もっと良いものが作れる。親方は良いものを作ることよりも、金儲けの方が大切なんだ」

青年が親方への怒りをぶちまけるのを、ユーリは冷ややかな目で見る。

「貴様の親方は間違ってるな」

「そうだろ？」

「ああ、余だったら、お前みたいなガキに仕事を任せない」

同意してもらえるどころか、年下のユーリにガキ扱いされ、青年はいきり立つ。

しかし——

「貴様が一日遅れたせいで、買うはずだった者が死ぬかもしれない」

ユーリの言葉が青年に突き刺さる。周囲の者がその気迫に押される中、ユーリは声色を下げる。

「貴様が作っているのは武器だ。誰かを殺し、誰かを守る。その意味を理解しておけ」

戦争は待ってくれない。あと一〇本でも剣があれば、いや、五本でも……ユリウス帝はそのような場面を幾度となく体験した。

別に、名刀が必要なのではない。敵の戦闘力を奪えれば、それだけで十分だ。それ以上の作り手の自己満足など、クソ喰らえだ。

「………」

ユーリに自分の青さを突きつけられ、青年は黙り込んでしまう。

完全に打ちのめされてしまった青年は、やがて無言で立ち上がった。

観客もユーリに同調しているのが分かり、青年は羞恥《しゅうち》で顔を俯かせる。

「まだ、終わっとらん」

ユーリに引き留められ、青年は顔を上げる。

「親方が認めるくらいだ。腕は確かなのだろう？」

叱《しか》られているのか、褒められているのか、それが分からず、青年は困惑する。

「一本見せてみよ。持っておるだろう？」

「あっ、ああ」

青年は狼狽《うろた》える。ここまで否定されたのだ。この上、自分の作った短剣が貶《けな》されては立つ瀬《せ》がない。臆病《おくびょう》さが首をもたげた。

「不出来でも良い。自分の作品には自信を持て」

「分かった。見てくれ」

ユーリに背中を押され、青年は持っていた短剣をテーブルに載せる。ユーリはそれを手に取り眺める。

青年は親方に自分の作品を見せる時よりも緊張していた。

ユーリは短剣を二度、三度振って、感触を確かめる。

青年の短剣にユーリは満足していない。重心もズレているし、斬れ味も強度も不十分だ。

だが、それと同時に、納得もしていた。実用性——ユーリの技量をもってすれば、人を殺すに十分だからだ。

ユーリは短剣を懐《ふところ》に入れ、テーブルの上の銀貨を一枚、青年に向かって投げる。

「これは投資だ。満足できるものが打てたら、余に持ってこい。言い値で買い取ってやる」

ユーリは挑発するように、青年に告げる。

青年は最初困惑したが、ユーリの言葉を咀嚼《そしゃく》し、そして、満面の笑みを浮かべる。

「ああ、必ず満足させてみせる。待ってろよ」

二人のやり取り、御子の叡智に、観客から感嘆の声が上がる。

青年の思い上がりを咎《とが》めるだけなら、誰でもできる。しかし、不満をやる気に変える。それは誰にでもできることではない。

部下のやる気と能力をどれだけ引き出せるか。それこそが、上に立つ者に求められる資質だ。

前世で世の頂《いただき》に立っていたユーリが、御子と呼ばれるのも当然だった。

「さて、次は誰だ？」

一人の男が名乗り出ようとしたところで、店のドアが荒々しく開き、皆の非難がましい視線がそちらに向けられる。

入ってきたのは若い女性だ。ユーリを見つけて、まっすぐに向かってくる。

「ここにいたか」

声をかけたのは、アデリーナだった。ユーリを探すのにあちこち駆けずり回ったのであろう。息は荒く、赤い前髪が額に張りついている。

「何用だ？」

「ユーリちゃんにお願いがある」

二人の視線が交差する。

「今日はこれで店じまいだ」

ユーリが告げると、皆はアデリーナに恨めしげな視線を向けるが、彼女がAランク冒険者であることは知れ渡っているので、文句を言う者はいなかった。

観客の輪から抜け出した二人は、店の隅のテーブルに移動する。

「話してみよ」

「カーティス子爵が亡くなった」

唐突にアデリーナが告げた。

衝撃的な話だが、ユーリの表情はまったく変わらない。

「続けよ」

「疫病《えきびょう》だ。このままでは、街全体に蔓延《まんえん》してしまう」

「どんな病気だ？」

「バルドロン病。ユーリちゃんは知ってる？」

「ああ」

ユーリの脳裏に前世の記憶が蘇る。


前世、帝国の隣にバルドロン王国という国があった。ある時、王国で疫病が発生し、あっという間に国中に広まった。国民の半数以上が死亡し、王家の者も大半が亡くなり、王国は崩壊《ほうかい》寸前。

そこで動いたのが、ユリウスだ。疫病が沈静化したタイミングで挙兵し、王国を併合したのだ。

他国が弱っているところを、武力で侵略し、領土を奪い取る。他国はユリウスを非難した。

しかし、ユリウスの行動は野心ゆえではない。王国の復興には時間がかかり、帝国が動かねば、より多くの死者を生み出すことになる。王国の民を救うために、ユリウスは動いたのだ。

それでも、疫病は根絶できなかった。王国を併合した後も、いくつかの村で疫病は発生し、蔓延を防ぐために、ユリウスは村を焼き払うように命じた。

いくら非難されようと、誤解されようと、ユリウスは弁明せず、感情を表に出すこともない。

それゆえに、彼は冷酷皇帝と呼ばれたのだ。

そしてこの疫病こそが、バルドロン病だった。


「ユーリちゃん?」

過去の苦い思いを奥歯で噛み潰そうとしたユーリに、アデリーナが心配そうに声をかける。

「なんだ?」

この街はもう滅んだ。ユーリはそう判断した。声に少し棘《とげ》があるのは仕方がないだろう。

「ユーリちゃんの力を借りたい」

「余の力? 民を皆殺しにせよ、とでも言うのか?」

街の外に疫病を広めないためには、それがユーリにとって最善策だ。だが、話はユーリの想像していない方向へと進んでいく。

「物騒なこと言わないでよ」

アデリーナの背中がぞくりと震える。そんなことはないと思っていても、ユーリなら実行してしまいそうな気がしたからだ。

「ユーリちゃんは知らないみたいだけど、バルドロン病には特効薬があるよ。それを飲めば、感染しないし、感染していても完治する」

「特効薬だと……そうか」

前世から時が流れたことをユーリは実感する。同時に、無辜《むこ》の民に手をかけずに済んだと安心し、握っていた手を開く。無意識のうちだったが、手のひらには爪痕《つめあと》が残り、血が滲んでいた。

前世からこの間、特効薬が完成するまで、多くの悲劇があっただろう。

しかし、尊い命を積み重ね、それを乗り越えようとし、そして、乗り越えた者たちがいるのだ。

名も知らぬ勇敢な者たちに、ユーリは心の中で敬意を捧げる。

「それで、余に何ができるのだ？」

「特効薬を作るために必要なものがひとつ欠けているんだよ」

「なんだ？」

「ユニコーンの角だ」

その名を聞き、ユーリは安堵の笑みを浮かべる。

「ならば、余ほどの適任者はおらぬな。どれだけ必要なのだ？」

ユニコーンは自らが認めた者にしか角を譲らない。そうでない者は蹴り殺す。

「一本あれば、この街の全員に使ってもお釣りが出る」

「余に任せよ。被害は最小限に抑えよう」

アデリーナの話では、他のものは確保してあるそうだ。ユニコーンの角さえ手に入れば、すぐに量産態勢に入れるよう準備は整っているとのこと。

「明朝、うちに来い」

「頼んだよ」

†

翌日――

朝早くからクロード邸のドアを叩く音がする。クロードがドアを開けると――

「おはよごじゃましゅ」

なぜか、アデリーナはルシフェを連れてきていた。

「ルシフェがどうしても行くって聞かなくて……」

アデリーナの言葉にユーリもクロードも目を細める。

今までこの家に遊びに来たのとは勝手が違う。今日はユニコーンの試練に向かうのだ。

いくらなんでもルシフェを連れてくるのはおかしい。

ユーリがクロードに目配《めくば》せすると、彼は頷いた。二人とも、ある可能性に思い至ったのだ。

「ユーリ様」

「ユニコーンに会わせれば、分かる」

「そうですね」

「ルシフェが一緒でも構わん。早《はよ》うしろ」

「ああ、助かるよ」

アデリーナは頷くと、転移魔法を発動させる。

「――【転移《サムウェア・ファー・ビヨンド》】」


次の瞬間、四人は別の場所にいた。冷たい風がユーリの銀髪をなびかせる。

「ほう、ここがユニコーンの森か。肌寒いな」

「ねえちゃ、ちゃぶい」

ルシフェは身体をぶるりと震わせ、ユーリに抱きつく。

「カーティスの街から五〇キロメートルは離れているからね」

「他領か？」

「カーティス子爵領に隣接するハウゲン侯爵領だよ」

「ほう」

――ここでその名が出てくるか。偶然にしてはできすぎだ。

ユーリは気に留めつつも、話題を変える。

「さすがはユニコーンだ。ずいぶんと慕《した》われているな」

森の入り口には、花束や食料などが山のように積まれていた。

「怒らせると恐ろしいと思われてるのさ」

「まあ、間違ってはおらん」

それは事実だが、森を侵《おか》さなければ、ユニコーンは外に干渉しない。ただ、それでも、人間は未知の力を恐れるものだ。

「ルシフェもついてくるか？」

「ねえちゃと、いくー！」

「では、行ってくる。二人は準備を整えておけ」

「そっちは任せてよ」

「お待ちしております」

もう一度転移魔法を発動し、アデリーナとクロードは街に戻った。転移魔法は一度訪れたことがある場所にしか転移できない。行きはアデリーナに任せたが、帰りはユーリで問題ない。

「さて、行くぞ」

「いくー！」

ユニコーンの試練は甘くない。下手にユニコーンの機嫌を損ねると、命を奪われかねない。

だが、ルシフェは無邪気な笑みを浮かべるばかり。

「まったく、状況が分かっているのかどうか」

ルシフェはユーリの気持ちも知らず、ピクニックにでも行くかのような浮かれっぷりで、森に入っていく。

「慌てると危ないぞ」

ユーリは注意したが――

「へぶっ」

案の定、ルシフェは木の根に足を取られ、転んでしまう。

「だから、言ったであろう」

「いちゃい」

顔を打ちつけたようで、ルシフェは鼻血を垂らしている。ユーリは彼女を引き起こし、治癒魔法で怪我を癒《い》やす。

「ねえちゃ、ありゃあと」

「危ないから、走るんじゃない」

「わちゃったー」

本当に分かっているんだか……ユーリは呆れ顔でルシフェと手を繋ぐ。

森は静寂に包まれていた。霧が漂う中、古代の木々がそびえ立ち、その枝葉は一滴一滴の朝露《あさつゆ》で輝いている。

「静かなものだな」

この森はユニコーンが治めている。虫や小動物は生息するが、魔獣や凶暴な動物は一匹もいない。

ユニコーンが棲《す》むこの森はそれほど大きくない。ユニコーンは森の中心にいるが、ユーリの足でもそこまで三〇分ほどだ。

「こっちだな」

ユーリはユニコーンの気配がする方へ、森をかき分けながら進んでいく。

「うまちゃ、いりゅ?」

「ああ、ユニコーンが待っているぞ」

「ゆにこ?」

ルシフェは首をかしげる。馬は知っていても、ユニコーンは知らないようだ。

「ああ、白毛の馬だ」

「ちろい、うまちゃ!」

「額に角が生えている」

ユーリは自分の額に手を当て、人差し指を立ててみせる。

「ちゅの! ちゅの!」

ルシフェは手をブンブンと振る。

静かな森の中、彼女の興奮した声とともに、しばらく歩くと目的の場所に到着した。

森が開けると、異界のような幻想《げんそう》的な光景が広がっていた。

そこだけ日の光が差し、鏡のような澄んだ泉が辺りを輝かせている。

泉の周りには、色とりどりの花が乱れ咲き、香りはほのかに甘く、どこか神秘的だった。花びらが舞い落ちる中、額に一本の角を生やした白銀のユニコーンが、首を下ろして泉の水を飲んでいる。音が消え去った世界で、ユニコーンの口元から広がる波紋だけが伝わってくる。

「見事なものだな」

その美しさと神聖さは、ユーリですら心を奪われるほどだった。

「ルシフェ、ここで待っているんだ」

しかし、ルシフェはユーリの制止も聞かず駆け出す。

「うまちゃーー！」

彼女が近づくとユニコーンが首をもたげた。蒼《あお》い双眸《そうぼう》がルシフェを射貫く。

次の瞬間――その瞳が真っ赤に染まる。

「ルシフェ！」

ユーリは駆け出し、ルシフェの首元を掴み、後ろに放り投げる。

「うわぁ」

ルシフェが離れると、ユニコーンの瞳は元の青色に戻った。

「いちゃい」

尻餅《しりもち》をついたルシフェは、涙目になってお尻をさする。

「やはりな」

ルシフェへの疑念。ユニコーンの反応で、ユーリは確信した。

「良いものを見せてやる。そこで動かず、待っていよ」

「わちゃったー」

痛い目を見て懲《こ》りたらしく、ルシフェは離れた場所で待つことにしたようだ。

ユニコーンはジッとユーリから視線を離さずにいる。

ユーリは怯《ひる》むことなく、余裕の足取りでユニコーンに向かう。

近づいても、ユニコーンの瞳は蒼いままだ。

ユニコーンから伝わってきた気配に、ユーリは『魔核』をゾワリと撫でられた気がした。しばらくすると、その気配が消えた。

「ほう。これがひとつ目の条件か。並の『魔核』の持ち主では耐えられぬな。ユニコーンを恐れぬ者とは、こういう意味であったか」

ユーリにとってはどうということはない。笑みを浮かべたまま、ユニコーンに近づいていく。

そして、その目の前で足を止めた。

「さあ、好きなだけ確かめろ」

ユニコーンは鼻先をユーリにつけ、クンクンと匂いを嗅《か》ぐ。

ふたつ目の条件は、純潔《じゅんけつ》の乙女《おとめ》であること。

そして、最後の条件が——

ユニコーンはユーリに角を差し出す。

彼女が手を伸ばし、その角を掴んだ瞬間、ユーリは心の中を覗かれた気がした。彼女の心の中に描かれたのは、特効薬によって疫病が治る人々の顔だ。

ユニコーンの試練、最後の条件が――高潔さだ。

試練を受ける者がその角を何に使うつもりか、ユニコーンは心のうちを見透かす。不純な動機を持つ者であれば蹴り殺されるのだが、ユーリはユニコーンに認められた。

角がスッと抜け、ユーリの手に収まる。

「感謝する」

ユーリは労るように、ユニコーンの背筋を撫でる。ユニコーンがブルッといななくと、新しく角が生えてきた。

「ほう。すぐに生えてくるのか」

ここでもう一本……そう考える欲深な者は蹴り殺されるだろう。ユーリはユニコーンに別れを告げ、ルシフェのもとへ戻る。

「ねえちゃ、しゅごい！」

「帰るぞ」

目的を果たした二人は、カーティスの街へと戻った。

その晩――

ユーリとクロードは、自宅で夕食を取っていた。

「カレーは二日目の方が美味しいというのは、本当だったな」

ミルクで薄めたカレーを口にして、笑みを浮かべる。彼女の身体はまだ辛いものを受け付けない。

「まさか、ユーリ様の手料理を口にする日が来るとは思ってもいませんでした」

「まあ、香辛料《こうしんりょう》はミシェルが調合したものだがな」

料理にしろ、武術にしろ、技術を習得するのに一番大切な能力は「見る力」だ。お手本を観察し、なにが本質なのかを判断し、それを体得する。

ユーリにはミシェルという最高のお手本がいたし、ユーリの「見る力」は比類《ひるい》ない。

完全にとは言わないまでも、よほど注意しなければ気がつかないほど、彼女の味を再現していた。

「ミシェルにも食べさせてやりたいな」

「ええ、驚くことでしょう」

お世辞ではなく、本心からの言葉であった。

「それで、調子はどうだ？」

「順調です」

特効薬についてだ。

「カーティス子爵の名で無償《むしょう》配布のうえ、必要以上に飲むと身体に悪いことを周知しましたので、独占しようとする者は現れませんでした」

「それで？」

「二、三日中には薬は全員に行き渡るでしょう」

その言葉を聞き、ようやく、ユーリは安堵した。ストンと肩が軽くなる。

自分で思っていた以上に前世の呪縛《じゅばく》に囚《とら》われていたと、ようやく自覚する。

「ユニコーンの角のことは？」

ユーリは表舞台に出るつもりはない。手柄は求めていないし、疫病が収まればそれで十分だ。

「知っているのは子爵家の者とアデリーナだけです。角は彼女が取ってきたことになってます」

「ほう。アデリーナは純潔か」

「少なくとも、周りに男の噂はありません」

「ふーん。そなたの周りの女はそういうのばかりだな」

「どういう意味でしょう？」

クロードの問いかけを笑顔で躱《かわ》したユーリは、表情と口調を切り替える。

「本題だ」

それだけで、クロードはなんの話か察した。

「ルシフェは魔族だ」

「やはり、そうでしたか」

クロードは驚かない。

「ユニコーンの目が赤く染まった」

「間違いないですね」

ユニコーンのような聖獣《せいじゅう》と呼ばれる生き物は魔族を忌《い》み嫌い、出会うと目の色が赤く染まるのだ。

「アデリーナもミシェルも、ルシフェに【魅了《みりょう》】されている」

魔族は人間の精神を操る魔法が得意だ。【魅了】はそのひとつ。

「奴の【魅了】はそれほど強力ではない。元々、奴に心を許している相手におねだりを断りづらくさせるくらいだ」

「いかがなさいますか？」

ユーリが命じれば、クロードは今すぐにでもルシフェを殺しに行くだろう。

「放っておけ。奴はまだ悪をなしておらん」

「御意」

「余の勘《かん》だ。奴は生かしておいた方が良い」

「ユーリ様の勘でしたら、間違いないでしょう」

話はここまでと、ユーリは笑みを浮かべる。

「そうだ。良いものを見せてやろう」

重い空気を振り払うように、ユーリが明るい声で言う。そして、先日、手に入れた短剣をクロードに手渡す。

「これ……ですか？」

クロードにとっては、粗悪《そあく》な数打ち物にしか見えない。わざわざ見せてきた意図を掴めずにいると、ユーリはいたずらっぽく笑う。

「未来の名匠《めいしょう》が作った一品だ」

クロードの手から取り戻した短剣を、ユーリは愛《いと》おしそうに撫でる。思いの外、本人は気に入っているようだ。

ただ、事情を知らないクロードは困惑するばかりだった。

†

後日——

疫病騒ぎは収束した。まだ、完治していない者も多く、いつも通りとはいかないが、街は以前の活況を取り戻しつつある。

ユーリは一人、露店街に向かった。

「おかみ、調子はどうだ？」

先日、一日店長を務めた八百屋でおかみに声をかける。

「あら、ユーリちゃん！」

あの日はやつれきった様子だったが、今日のおかみの顔は元気そのものだ。

「領主様のおかげで、すっかり元気になったよ」

「それは良かった」

表向きは特効薬を作り、配布したのはカーティス子爵となっている。ユーリの名前と子爵の死は表に出ていない。

（おばちゃん、元気になって良かったね）

（ああ、特効薬が効くまでは数日かかるとの話だったが、これで安心だ）

「この間は店番ありがとうね。まさか、本当に売り切れるとは思ってもいなかったよ」

「ああ、お嬢ちゃんは凄かったぜ。捕り物劇もあったし、ちっちゃいのに見事な商売人だよ」

隣のソーセージ屋のオヤジが口を挟んできた。

「そうだ。お礼に好きな物を持ってっておくれ」

ここで断るのも無粋《ぶすい》だと、ユーリはおかみの話に乗ることにした。

「ならば、その言葉に甘えよう。ミシェルへのお見舞いでな、何がオススメだ？」

「あら、ミシェルちゃんも？　大丈夫なのかい？」

「ああ、病気はもう問題ない。無理がたたって予後が長引いているだけだ」

「ミシェルちゃんは頑張り者だからねえ。だったら、アプルが一番だよ」

おかみは袋いっぱいにアプルを詰めて渡す。

（うわ、良い匂い）

（やはり、新鮮な果実は良いものだな。おかみがおらぬと、これは食べられないからな。元気でいてもらいたいものだ）

「そんなにいらんぞ」

「いいからいいから、他にも欲しいものはあるかい？」

「いや、結構だ。困ったことがあれば、また依頼してくれ」

「ええ、そのときはお世話になるよ」

おかみに別れを告げ、ユーリは次の目的地である孤児院へと向かった。

（ミシェルおねえちゃん、大丈夫かな？）

（このアプルを食べれば、すぐに良くなるであろう）

（美味しそうだもんね）

（あとで食べさせてやる）

（うん！）


孤児院に着くと、ミシェルの寝室へ向かった。いつもは騒がしい孤児院が静かなのは、彼女への気遣いだろうか。

「ミシェル、調子はどうだ？」

「ユーリちゃん！」

病室にはベッドがひとつ。額に濡れタオルを載せたミシェルが横になっていた。そして、その隣にはルシフェがすぅすぅと寝息を立てている。

ユーリが呆れ顔を見せると、ミシェルも「しょうがない」という表情だ。

二人のやり取りを見て、ベッド際の椅子に座ったアルスも笑う。孤児院で最年長の彼は、いつもなら子どもたちを連れて薬草採取に行く。

しかし、彼はミシェルが倒れて以来、自分の健康も顧《かえり》みず献身的な介護に当たっていた。

枕元のサイドテーブルの上には、色とりどりの花やミシェルを描いた子どもの絵が並んでいる。

孤児院で疫病に感染したのはミシェルだけだった。彼女は市場に買い出しに行った際に感染したのだ。ただ、迅速《じんそく》な対応によって、他の孤児に感染者は出なかったのは不幸中の幸いだった。

ミシェルは起き上がろうとするが――

「無理するでない。休めるときにしっかり休んでおけ」

「そうだよ。ミシェル姉。今はモネタさんが面倒見てくれてるんだから」

ミシェルの世話をしていたアルスが同調する。

「そうね。モネタさんにもお礼を言わないとね」

「おかみの特製アプルだ。アルス、ミシェルにこれを食べさせてやれ」

ユーリはアプルの詰まった袋をアルスに渡す。アルスは袋を置くと――

「ありがとう。ちょっと待ってろ、皿を取ってくる」

「ユーリちゃん、ありがとね」

「食べて元気を出せ」

「うん」

顔色は良くないが、声は元気そうだ。

「モネタとは？　初めて聞く名だが？」

「近所に住んでいるおばさんなの。差し入れしてくれたり、子どもたちの面倒を見てくれたり。今回は、すっかりお世話になっちゃった」

「ほう。そのような殊勝《しゅしょう》な者がおるのか」

ユーリが感心していると、アルスがカゴと皿、果物ナイフを持って戻ってきた。まずは袋からカゴにアプルを移す。

「うわっ、こんなにいっぱい！」

「おかみが奮発してくれてな。おかみも心配していたぞ。早く治して、元気な顔を見せてやれ」

「そうだよ。みんな、ミシェル姉が元気になるのを待ってるぞ」

アルスはアプルをひとつ手に取ると、ナイフで皮を剥き始める。

「余も手伝おう」

そう言って、ユーリは腰の短剣を抜く。

「なっ、ユーリ、お前、短剣を持ち歩いてるのか？」

「ああ、これか？」

ユーリは短剣をヒラヒラと振ってみせる。この前、新人武器職人の青年から買ったものだ。

「物騒な奴だな」

「これでも、余は冒険者だからな」

ユーリは嘯《うそぶ》いてみせる。

「なったばかりのFランクだろ。ドブさらいしかしてないじゃねえか」

そう言いながらも、アプルをユーリに投げる。

「どうせなら、競争でもするか？」

「面白そうだな」

ユーリはアルスの提案に乗ることにした。

二人の皮剥き競争が始まった。

アルスは慣れたもので、スルスルと皮を剥いていくが――

「終わったぞ」

アルスが半分もいかないうちに、ユーリは剥き終え、食べやすいように切り終えていた。

「なっ⁉」

「ユーリちゃん、信じられないくらい上手だもんね」

ミシェルはユーリがポティトの皮剥きをした時のことを思い出す。

「なっ、なんで、そんなに上手いんだよ……」

アルスは肩を落とす。ユーリはその姿に微笑ましい視線を向ける。

「まだ、勝敗は決していないぞ？」

「俺の完敗だろ」

「余はミシェルから教わった。相手の口に入るまでが料理だとな」

アルスはハッとして、急いで残りを剥き終える。焦ったせいで、歪《いびつ》になっていたのはご愛嬌《あいきょう》だ。

「さあ、ミシェル。どちらを食べたい？　余のか？　アルスのか？」

並んだアプルにミシェルが手を伸ばす。彼女が掴んだのは——

「アルス、いつも頑張ってくれてありがとね」

「ミシェル姉……」

「うん。美味しい」

ミシェルが笑みを浮かべ、アルスは顔をポッと赤くする。

「二人は仲が良いな」

「うん。一緒に育ったから、弟みたいなものだよ」

「弟……」

弟扱いされて、アルスは苦笑いだ。

アルスがミシェルに惚《ほ》れていることをユーリは知っている。たぶん、周囲の者も気がついているだろうが、それを知らぬはミシェルばかり。

「なあ、ユーリ。その短剣を貸してみろよ」

アルスとしては皮剥き競争に負けたのは、道具の違いだと思いたい。

ユーリはアルスに短剣を手渡す。彼は受け取ると、アプルの皮を剥き始める。

「大事に扱えよ。大切なものだからな」

「これがか？」

アルスは短剣の取り扱いに苦労している。そもそもサイズが大きい上に、切れ味が良いわけでもない。悔しいことに、ユーリに負けたのは技量のせいだと認めざるを得なかった。

「よくこんななまくらで、皮剥きできるな」

「一万ゴルしたからな」

「一万ゴル⁉　この程度なら、二〇〇〇ゴルが良いところだろ。騙されたな」

アルスには安物の短剣にしか思えない。だが、ユーリは首を振って、アルスの言葉を否定する。

「物の価値は買い手が決めるものだ。余が一万ゴル出したのだから、余にはその短剣が一万ゴル以上の価値がある」

「よく分かんねえな……」

アルスが腑《ふ》に落ちない顔をしていると、ルシフェが目を覚まし、ガバッと上体を起こす。

「おはよごじゃましゅ。るぅも、たべりゅー！」

「仕方のない奴だ」

ユーリがアプルを渡すと、ルシフェははむはむと、アプルにかじりついた。

「余もいただこう」

ユーリもアプルをかじる。

(どうだ、ユリアナ？)

(うん！　凄く美味しい！)

すっかり空気が和んだところで、部屋のドアが開いた。

「ミシェル、元気になったか？」

アデリーナがやって来た。

「そなたも見舞いか？」

「それもあるけど……」

「どうした、また、厄介事か？　今度はドラゴンの肝でも取ってくれば良いのか？」

「アデリーナさん、ユーリちゃんになにをやらせたんですか？」

「なに、薬草採取みたいなものだ。それで？」

「いや、今回はアルスに用事だ」

「俺？」

アルスは怪訝《けげん》な顔をする。

「子爵邸まで、ついてきてよ」

「ご領主様の？　なんで俺なんかが？」

「詳しい話は向こうでするから」

「でも……」

ただの孤児であるアルスに、領主であるカーティス子爵と接点はないはずだ。

「不安か？　なら、余もついていってやろう」

「ユーリが？」

アルスは不審な目をユーリに向ける。目が合う。ユーリから不思議な頼もしさを感じ、少し不安が薄れた。

「ユーリ、頼む」

「そうだな。ユーリちゃんにも、来てもらった方が良いかもね」

「るぅも、いくー！」

その言葉に、アデリーナもミシェルも仕方ないという顔をするが、ユーリがそれを咎める。

「ルシフェは留守番だ。ほら、アプルがいっぱいあるぞ」

そう言われ、少し悩んだ結果、ルシフェは答えを出す。

「わちゃったー。るぅは、るすびゃんすりゅー」

――やはり、二人に【魅了】をかけておるな。

ユーリはジッとルシフェの目を見るが、彼女は気にした様子もなく、アプルをかじるだけだった。

†

この街の領主であるカーティス子爵の屋敷は街の郊外にある。

ユリアナの実家であるシルヴェウス伯爵家に比べれば格は劣《おと》るが、赤く積まれた石壁は立派で、この屋敷が特別であることを示している。

こぢんまりとした庭はいつもであれば手入れが行き届いているのだろう。しかし、今は、大樹のもとに落ち葉が散り、草花も萎《しお》れていた。

アデリーナが一緒なので、子爵邸に到着すると応接間に通される。

それからすぐに、執事服を着た男がやって来た。

「わざわざご足労いただき感謝します」

二〇過ぎの真面目そうな男は、目の下にくまがあり、疲れた様子だ。ここ数日、ろくに休みを取れていないのだろう。

「カーティス子爵家、家令《かれい》代理のローランと申します」

頭を上げたローランはユーリを見て、大きく目を見開く。

「あなた様は……」

「余の名はユーリ。ただの冒険者だ。誰と勘違いしたか知らぬが、他人の空似《そらに》だ」

「そう……ですか」

ローランは深入りすべきでないと判断する。

「それより、用件はなんだ。早く申せ」

「そっ、そうでした」

ローランは取り繕《つくろ》って、話し始める。出会って間もなく、ひと言ふた言、交わしただけで、ユーリが上位者であると理解したのだ。

「今回の疫病で子爵家の者は、当主、奥方、子女……全員がお亡くなりになりました」

「ほう。それで」

ユーリは驚いた様子もなく、続きをうながす。

「このままではお家断絶の危機ですが、アルス様が当家の世継ぎ、子爵様のご子息の可能性があります」

「俺が!?」

「ご当主様の死後、なにか手がかりがないかと探したところ、手記が見つかりました」

「ほう?」

面白そうな話になったと、ユーリの頬が持ち上がる。

「申してみよ」

「当主様の手記にはこう書かれていました」

ローランが説明を始めた。


「要するに、子爵がメイドに手を出し、正妻の怒りを恐れて、孕《はら》んだ息子ともども追い出したと」

ユーリの辛辣《しんらつ》な物言いにローランは言葉を失う。

「身《み》も蓋《ふた》もない言い方しないでよ」

「だがその通りであろう、アデリーナ？」

「まあ、そうだけど。それじゃ、子爵が最低の人間みたいじゃん」

「善《よ》き領主が、善き夫、父であるとは限らぬ。よくある話だ」

ユーリは軽い口調で切り捨てる。

「どうした、アルス？　そなたの話だぞ」

「えっ？」

アルスはまだ現実が受け入れられず、会話が耳に入っていなかった。

「俺、どうしたらいいのか……」

まさか、自分の父親が領主だとは、いきなり言われても信じられない。

「ただ、手記だけでは弱いのではないか？」

「はい。お呼び立てしたのは、アルス様が本当に当家の子息であるかどうか、確認するためです」

ユーリの知る限り、それを確認する方法は存在しない。だが、この時代にはそのような魔道具が存在するのだろうと、当たりをつける。

「『血の証』で試してみるのです」

ローランの話によると、今の貴族は皆、国を興《おこ》した王家の血を継いでいる。各貴族家には当代の血が保管されており、次期当主が正統に血を引く者か確かめ、王家に届け出る義務がある。

それが『血の証』と呼ばれるものだ。

「まずは、先代当主の血を」

ローランは赤い液体が入った小瓶を取り出す。そして、テーブルに置いた小皿に、一滴《いってき》垂らす。

「次にアルス様の血を」

そう言って、アルスに針《はり》を手渡す。

「一滴で構いません」

アルスは恐る恐る針を受け取るが、思い切れずにいる。

「針が怖いなら、こいつを貸してやろうか」

ユーリが笑って、短剣を見せる。

アルスは「そういう意味じゃない」と首を横に振る。それに、「そんな斬れ味の短剣を使えるか」と憤《いきどお》る。

しかし、このやり取りで、肩が軽くなったようだ。決心したアルスは針を親指に刺し、小皿の上に血を垂らす。

「あとは、この液体をかければ、分かります」

今度は、白い液体が入った瓶だ。それを一滴、小皿に垂らす。

すると、小皿の上に煙が立つ。その煙が消えると、白い小粒の石が小皿の上に載っていた。

一同が成り行きを見守る中、ローランが白石を摘まみ上げる。その白石を虫眼鏡《むしめがね》のような魔道具で観察し、頷いた。

「間違いございません。アルス様はご当主様の子息――継嗣《けいし》です」

ローランによると、出来上がる石の色は血縁の濃さを示すもので、純白は一親等。

「俺が貴族……」

「アルスが子爵家を継ぐのか、面白くなりそうだな」

ユーリは新しいオモチャを見つけたような喜びを顔に浮かべる。

「でも、俺なんかが……」

「安心せよ、反対する者はおらん。なあ、ローラン」

「もちろんでございます。屋敷の者一同、アルス様を歓迎いたします」

「私も後見になるよ」

アデリーナもアルスを安心させるように、優しく声をかける。

Aランク冒険者が後ろ盾になることは大きな意味を持つ。

「余とクロードも力になるぞ」

「ユーリ……」

それでもアルスはまだ悩んでいる。そこでユーリがもうひと押しする。

「真面目な話をしよう」

ユーリが声を変える。皇帝なら、こう伝えると。

「カーティス子爵は孤児院を支援していた」

「うん」

「もし、他の者が子爵家を継げば、その支援が続くとは限らない。最悪、孤児院が取り潰される可能性もある」

「そんな……」

「それを救えるのは、そなただけだ」

ユーリは包み隠さず、事実を伝える。いくら残酷であろうと、現実から目を逸らしてはならないと知っているからだ。

ここで逃げるようなら、アルスを捨てて次善の策をとるだけ。ユーリとしては、それはそれで構わない。彼が継げば面白そうであるが、それよりも大切なことがある。

「わかった。やるよ」

アルスは腹を括《くく》った。

†

数日後――

ユーリたちは今後のことを話し合うために、カーティス子爵邸の応接間に集まっていた。中央に円卓が置かれ、五人が卓についている。

「どうだ、アルス。少しは慣れたか？」

「お勉強、お勉強で、それどころじゃないさ」

子爵の死はまだ秘匿《ひとく》されている。疫病騒動が完全に落ち着いたところで公表する予定だ。そのために学ばなければならないこと、覚えなければならない振る舞い方、朝から晩までアルスに自由時間はなかった。

「ローラン、間に合いそうか？」

「ええ。子爵家家令として、一人前の領主様に育ててみせます」

アルスが子爵を継いだのと同じく、ローランも正式な家令となっていた。

「アデリーナ、疫病の様子は？」

「感染者もほとんど元気になったよ」

「何かあったら、クロードに伝えよ」

そう言われ、クロードが頷く。

ひと言ずつ皆と交わすと、ユーリは本題に入る。

「さて、こうして集まってもらったわけだが――」

アルスの願いもあってこの場を仕切ることになったユーリが話し始めたところで、部屋の扉が乱暴にノックされる。

ローランはユーリを見て、彼女が頷くと、外に向かって告げる。

「入れ」

「失礼します」

「なにごとだ？」

「アルス様の母を名乗る女性が現れました。ですが……」

報告に来た執事は困惑した顔だ。

「どうした？」

「それが、現れたのは二人です」

「どういうことだ」

「なにがなにやら、私もさっぱりで」

「アルス様？」

唐突な事態に、アルスは茫然《ぼうぜん》としている。

「あれから屋敷を調べて分かったのですが、当時の記録によると、アルス様の母上が子爵家から出された頃、同時期に辞めたメイドが一人いました」

ローランがユーリに言った。

「名前や顔は？」

「この疫病で当時からいる者は皆、亡くなりました。私はまだ幼かったので、覚えておりません」

アルスが生まれたのは一五年前だ。ローランはまだ五歳。覚えていないのも当然だ。

「追い返すか？」

面倒な火種を招き入れるくらいなら、追い返した方が良い。なんなら、二人とも闇に葬《ほうむ》っても良い。ユリウス帝ならそう考えるだろうが、ここにいるのはユーリだ。

「アルスはどうしたい？」

「本当の母親なら…………会ってみたい」

「良いのだな？」

アルスは頷く。

「ローランはどう思う？」

「アルス様のご意向に従うまでです」

もし、この場にユーリがいなければ、ローランは二人を追い返していただろう。

彼は「ユーリに任せるのが一番いい」と判断した。

「分かった。ローランよ、耳を貸せ」

ユーリはローランに耳打ちする。

「――このように話を進めよ」

ローランはユーリの言葉にハッとする。こんな方法があるのか、と感心しきりだ。

「承知いたしました」

「へえ、よく分からないけど、面白そう」

アデリーナも好奇心をくすぐられたようだ。

「クロード、そなたは動くなよ」

ユーリは笑って言う。

「分かっております」

前世のクローディスであれば、どちらが偽《にせ》の母親か分かった時点で斬り捨てかねない。

だが、今世のクロードはそうしない。それが分かった上での冗談だ。

「進行はローランに任す。余は黙っておる。アルス、助けが必要な時は、余を見て三回瞬きせよ」

「分かった」

話がまとまり、一同は別室に移動する。先ほどより狭い部屋で、三台のソファーがコの字型に配置されている。

一辺にはアルスとローランが並んで座り、その向かいに二人の母候補を座らせるつもりだ。もうひとつのソファーには残りの三人、ユーリ、クロード、アデリーナが座った。

ユーリは皆の顔を観察する。

アルスはソワソワと落ち着きがない。

ローランは家令を継いで早々の大役に責任を感じ、緊張しているのだろう。

アデリーナは他人事《ひとごと》だと笑みを浮かべ、クロードは相変わらず生真面目な表情を崩さない。

そうしているうちに、二人の女性が執事に連れられてきた。二人はうながされて、ソファーに腰を下ろす。

さあ、お手並み拝見だ。ユーリは口角を上げた。

並んで座る右側の女性を見て、アルスが大きく目を見開く。アデリーナも小さく「へぇ」と呟いた。

「まずは、お名前を」

ローランにうながされ、右側の女性が口を開く。

「モネタと申します」

――モネタだと？

「モネタさんが俺の母親？」

ぼそっと、アルスが声を漏らす。

モネタは平民が着る質素な服装だ。子爵邸を訪れるというのに、着飾っていない。善良そうな顔つきで、ミシェルに聞いた孤児院を助けているという話も納得できる。

「そちらの方は？」

「ヴェリータです」

左側の女性は小さな声で答える。黒い修道服を着ている。彼女も嘘をつくような者には見えない。

「二人とも、この屋敷でメイドをしていて、一五年前に辞めた。間違いないですね？」

「ええ、その通りです」

モネタが答え、ヴェリータは小さく頷く。

二人とも、歳は三〇前後だ。生活による疲れが見られるが、若い頃は美しかったと分かる。子爵がどちらに手をつけたとしても、おかしくはない。

「屋敷を辞めてから、どうしていたか、教えてください。まずは、モネタさんから」

「私はこの街で慎《つつ》ましく暮らす者です。孤児院の手伝いをしながら、アルスちゃんの様子を見守っていました」

それから、アルスの顔を見る。

「アルスちゃん！」

モネタは大粒の涙を零《こぼ》す。

「今まで言えなくて、ごめんなさいね」

「モネタさん……」

モネタの涙が伝わり、アルスも涙を流す。モネタは続ける。

「奥様にバレたら、アルスちゃんの命が危ないと思って黙っていたのです」

モネタはうつむき、目元を拭う。

ユーリがヴェリータを見ると、彼女はなにかをグッと堪えているようだった。

「ヴェリータさんは？」

「子爵家を離れてから、隣町の修道院で暮らしておりました」

消え入りそうな声でヴェリータは言う。

「お二人はどうして、今回、名乗りを上げたのですか？」

「アルスちゃんが子爵家に呼ばれ、奥様が亡くなったと思いました。そうなったら、いてもたってもいられなかったのです」

「ヴェリータさんは？」

「私は年に一度、この街の教会に祈りを捧げに来ておりまして、そのたびに孤児院にも顔を出していました。今回は疫病が流行《はや》っていると聞き、急遽《きゅうきょ》、祈りを捧げに来ました」

神に祈るようにヴェリータが告げる。

「アルスのことは、子爵家でともにメイドをしていたモネタさんと孤児院に任せておりました。私は年に一度、アルスの顔を見られるだけで十分でした」

「アルス様はヴェリータさんをご存じでしたか？」

「いいえ」

アルスは首を横に振る。

「ヴェリータさんが言うように、修道院の方が毎年、来ていたのは本当です。でも、ヴェールに隠れて顔は見えませんでした」

アルスの言葉にうなずいたローランは、再びヴェリータに尋ねる。

「顔を見せなかったのはなぜですか？」

「アルスと目が合ったら、平静でいられないと思っていたからです。私は罪を償《つぐな》うために、俗世を捨て神のために生きると誓った身です。それでも、偶然、アルスが子爵家に出入りしているという話を聞いて、いてもたってもいられず……」

ヴェリータは悔《く》いるように目を伏せる。

「今の話を聞く限りでは、私には判断がつきません。アルス様はどうお考えでしょうか？」

「俺は……」

言い淀《よど》むアルスを見て、ローランは「やはり、ユーリ様の言う通りに話が進んでいる」と、その知恵に感心する。この先は、ユーリの指示に従って進めるだけだ。

「どちらかを母と認めるか、それとも、二人とも母ではないとするか」

「母親だって言ったらどうなるの？」

「そのお方に相続権が発生します。子爵家の財産の一部がそのお方に譲渡されます」

「………」

「どちらも母親でないとアルス様が判断した場合、財産はすべてアルス様が相続することになります」

話が親子関係から相続へと移った。「親子の絆《きずな》を取り戻したいのか」、それとも「遺産目当て」か。それを明らかにするために、ユーリが授けた策だ。

アルスは黙り込む。彼にとっては重すぎる問題だ。アルスが口を閉ざしてしまったので、部屋に重い沈黙が流れる。

彼がモネタを見ると、彼女は縋《すが》るような目をする。次にヴェリータを見ると、彼女は顔を伏せ、視線を合わせようとしなかった。

アルスはユーリに視線を向け、三回瞬きする。

「クロード、剣を」

冷たい声でユーリは告げる。今まで黙っていた彼女の出番だ。

クロードは腰の剣を抜き、恭《うやうや》しく差し出す。

彼女は剣を持って、立ち上がった。

「決められないのなら、アルスを真っ二つにして、その身体も財産も等分すればよい」

ユーリは冷酷に告げると、二人の間に剣を突き立てた。

しーんと静まり返る室内。

「どうした、このままでは二人とも母親と認められず、相続もできないぞ」

「私は子爵様の寵愛《ちょうあい》を賜《たまわ》りました。それを証明するために、アルスちゃんを斬ってでも彼の母であると示さなければなりません」

そう言って、モネタは立ち上がり、剣を握る。

「どうした、ヴェリータ。このままでは、モネタがアルスの母親ということになるぞ」

ユーリが告げると、ヴェリータは重い口を開いた。

「私は辞退しますので、アルスを斬らないでやってください。その代わり、せめて子爵様の死に、祈りを捧げさせてください」

それを聞いたユーリは満足げにうなずいた。

「決まったな。偽物はモネタだ。アルスよ、ヴェリータがそなたの真の母だ」

「そっ、そんな！　なぜですか？」

モネタが動揺する。

「いかなる理由であれ、我が子を自ら斬る母がおるか」

侮蔑《ぶべつ》の視線をモネタに向ける。この部屋にいる全員がユーリと同じ思いだった。

「アルス、よいか？」

「モネタさん……」

アルスは愕然とした。長年、世話になっていた者に裏切られたのだ。

「どうした。そんなシケたツラをして。やっと母と出会えたのだ。再会を喜ばぬか」

「うっ、うん……お母さん」

アルスは立ち上がる。ヴェリータも立ち上がる。長年の溝を埋めるように、二人は泣きながら、抱きしめ合った。

それを見て、モネタは床にくずおれる。怒り、嫉妬《しっと》、絶望——人間がこれ以上に醜悪《しゅうあく》を晒《さら》せるのかという表情だった。

「茶番を見せられた。不快だ。クロード、余は帰るぞ」

ユーリはもう用はないとばかりに、部屋を出る。

「あっ、私も帰る」

二人の後を、アデリーナが追いかけた。

帰り道——

「ユーリちゃん、よくヴェリータが本当のお母さんだって見抜いたな」

「いくら余であっても、そんなこと分かるわけなかろう」

アデリーナは予想外の答えに戸惑う。

「どちらが真の母か、そのような些事《さじ》はどうでもよい」

「えっ？」

「モネタとヴェリータ。この先、アルスにとってどちらが好ましいか、余はそれを示したにすぎん」

「………」

アデリーナは絶句する。

彼女も母親を知らない。だからこそ、母親の愛情を信じたいのだろう。

ユーリにも同じく、母親の記憶がない。ただ、今のアデリーナの感傷は、ユーリにとっては遥か過去に置き捨ててきたものだ。

「人の心は変わる。たとえ、産んだときは愛していたとしても、その気持ちが十数年も続くとは限らない」

「そ、そうだな……」

アデリーナはユーリが見ているものと自分が見ているものがどれだけ違うのか、見せつけられた気分だった。

「ちょっと用事を思い出した。じゃあね」

アデリーナは下手な嘘で、二人から離れていった。

二人になって、クロードが問いかける。

「ユーリ様はお気づきでしたよね？」

「当たり前だ」

どちらかが嘘をついていた。そして、ユーリは一目で見抜いた。しかし、ユーリがそれを指摘しても、アルスは納得しなかっただろう。だから、アルスのためにひと芝居打ったのだ。

ただ、アデリーナに告げたことも本音だ。

大切なのは過去ではなく未来。

それはユーリにとって、自明のことだった。

†

数日後——

この前と同じ顔ぶれが子爵邸の応接間に集まっていた。

今回は人払いをしており、ローラン以外は執事もメイドもいない。

「母親との邂逅《かいこう》はどんな気分だ？」

「なんか、複雑な気分だ。いきなり自分が子爵だって言われて、おかあ……母親と会えて、頭も心もついていかねえ」

そう言いつつも、嬉しさを隠しきれない。アルスはまだ一四歳なのだ。

「さて、疫病もアルスの問題も落ち着いたところだ。黒幕捜《さが》しといこうではないか」

「黒幕？」

アルス一人が首をかしげるが、他の者たちはユーリの言葉を理解している。ユーリはアルスに分かるように、説明を始めた。

「先の疫病は、人為的なものだ。誰かが故意に引き起こした」

ユーリはローランに視線を向ける。

「疫病の被害状況は出揃ったか？」

「はい。死者は五四名。大半がもともと身体が弱っていた市井の者でした」

迅速な対応によって、街での被害を最小限に抑えられた。

それは喜ばしいことなのだが。

「問題なのは、子爵家の皆様——ご当主様、奥方様、お子様が全員お亡くなりになられ、それに加えて、使用人にも被害が出たことです」

「もし、街中に疫病が広まっていたら、気づかなかったかもしれない。だが、早期解決できたから、気づくことができた」

この数字を見て、疑問に思わない者はいない。

「クロードは今まで、色々と見てきたであろう？」

ユーリも前世で疫病や飢饉《ききん》、様々な民の不幸を知っている。ただ、それは伝聞《でんぶん》だ。実際に現場を見てきたクロードは肌で知っている。

「疫病にかかりやすいのは、弱った者、栄養状況が優れない者です。疫病が最初に広まるのはスラムや貧しい人々が住む場所であるはずです」

「うむ。となると、これは子爵家を標的にした陰謀《いんぼう》だと考えた方がよい」

ここまで説明されれば、アルスでも理解できる。

「誰かがこの街に、子爵邸に病原菌を持ち込んだのだ。その犯人は――」

ユーリはゆっくりと立ち上がり、見せつけるように腰の短剣を抜く。

一人ずつ順番にジッと目を見ていき、ユーリの視線が止まる。次の瞬間、短剣はローランに突きつけられていた。

「ひっ⁉」

ローランの心臓がドキンと大きくはねる。彼は動揺して、なにか言おうとするが、上手く口が回らず、言葉にならない音を発するだけだ。

「――ローランではない」

「どういうことだ？」

アルスが疑問を口にする。

「もし、犯人だったら、余が立ち上がったのを見て、バレているのではないかと心配する。そして、短剣を突きつけられたら、慌てて弁明する」

ユーリは短剣を仕舞って、話を続ける。

「だが、ローランは短剣を突きつけられる瞬間まで、自分が犯人扱いされるとは思ってもいなかった。さぞや、驚いたことだろう。そういうわけで、ローランはシロだ。試すような真似をしてすまなかったな」

「いえ、ユーリ様の行いは当然のことです。寿命が縮まる思いでしたがね」

ローランは冷や汗をタオルで拭う。

「分かったか、アルス？」

「う、うん。ユーリは凄《すげ》えな……」

「というわけで、犯人捜しだ」

ユーリは腰を下ろすと、足を組み、身体を前に乗り出す。

「外からこの街に病原菌を持ち込める者。そして、この屋敷に持ち込める者。単独犯かもしれぬし、複数犯かもしれぬな。ただ……」

ひと呼吸置いてから、ユーリが告げる。

「少なくとも一匹は、この家にネズミがいる」

「屋敷の者ですか？」

「いや、屋敷に出入りする者かもしれん」

「私がやろっか？」

「私にお任せを」

アデリーナとクロードが名乗りを上げるが――

「いや、余がネコになる」

満面の笑みでユーリが言う。

「二人とも顔も名も知られすぎだ。それに、子どもの方が相手も油断する」

ユーリは笑顔で場を和ませる。

次の瞬間、再び短剣を抜き、飛び上がる。空中で一回転すると、ローランの背後に回り、後ろから首元に短剣を突きつけようとして――その手をアデリーナが掴む。

「ほら、油断しているであろう？」

それ見たことか、とユーリは笑ってみせる。

「完全に油断してたよ。まったく、殺気がなかった。寸止《すんど》めだったから良かったけど、本当に殺す気だったら間に合わなかったよ」

アデリーナは悔しそうに口元を歪める。

「クロードなら止められたぞ。修業が足りんな」

クロードは頷いてみせる。

「今度は心臓が止まったかと思いましたよ」

「ははっ、すまぬな。だが、敵に刺されるよりは良かろう」

子爵家に敵対する者にとっては、ローランは邪魔者だ。

「アルスとローランはクロードが守るから安心せよ」

その言葉は何よりも頼もしかった。

「俺はどうすればいい？」

「アルスは部屋に閉じこもっていろ。ローラン以外は誰も入れるな」

このままいけば、アルスが子爵家を継ぐ。犯人にとっては当然、ローラン以上に邪魔者だ。

「犯人は子爵が死んで得する者だ。アルスがいたから、相手の思惑通りにはならなかったがな」

子爵家の血が途切れたら、他家の貴族がこの地を治めることになる。その資格があるのは――

「子爵家の親族、もしくは、ここカーティス領に接する領地を治める者。そんなところか」

ユーリは前世の経験とユリアナの知識を組み合わせて推論する。

「ユーリ様のお考えが妥当かと。ですが、なぜ、当家が狙われたのでしょうか？」

ローランは同意しつつも、動機までは分からない。

「今ある情報だけでは、余には判別がつかぬ。なにか理由があるのか、それとも、たまたまかもな」

「たまたま、ですか？」

「金が欲しい盗人《ぬすっと》は手に入るなら、どこからでも構わない。選ばれるのは、金を盗みやすい家か、目についた家だ」

いずれにしろ、子爵家に隙があったということだ。

犯人の候補が挙がったので、ユーリは次の話に移る。

「疫病を故意に流行らせるなら、なにを用意する？」

「そりゃあ、病原体だろ？」

そのくらいは俺でも分かると、今まで口を挟めずにいたアルスが答える。

「他には？」

今度は答えられなかった。

ユーリは一同を見回す。

ローランも分かっていない様子。

クロードは当然、分かっている。

「アデリーナは？」

「………………あっ！」

アデリーナは答えにたどり着いた。そして、それと同時に、その先までも――

ユーリは頷く。

「そういうことだ。アルスとローランも自分の頭で考えよ」

領主となる者とそれを支える者。これからはユーリに頼らずとも問題を解決する能力が要求される。だから、あえて正解を教えない。

「ローランは、屋敷の者と出入りする者、名前と身元を一覧にまとめよ」

「すぐにでも、取りかかります」

「以上だ。余がネズミの尻尾《しっぽ》を掴むのを楽しみに待っておれ」

ユーリの言葉で、話し合いは解散となった。

†

「うむ。悪くないな」

ユーリは鏡に映る自分の姿を見て、満足そうに頷く。

黒のワンピースに、上品なレースが縁取《ふちど》られている白いエプロン。ルビー色の瞳に、柔らかく長い金色の髪はヘッドドレスでまとめてある。

（これが、わたし？）

（ああ、これならバレないであろう？）

（別人になっちゃった）

ちなみに、このメイド服は以前クロードが買ってきたもののひとつだ。

準備を整えたユーリは与えられた居室を後にし、仕事場へと向かう。

「リアナちゃん、ベッドメイクをやってちょうだい。終わったら、声をかけてね」

「はい、先輩！」

先輩メイドに仕事を振られ、リアナは元気よく答える。

今のユーリは、リアナという名前のメイド。屋敷に不慣れなアルスのために、孤児院から連れてきたという設定だ。ユリアナから「ユ」を取った安直なネーミングだが、ユーリは気に入っていた。

それから数日——

彼女はすっかりと屋敷に馴染んでいた。

女性の集団であるメイドたちの間では、イジメや嫌がらせが往々《おうおう》にしてあるものだが、幼く健気で仕事覚えの良い彼女は、早くも使用人の間で人気者になっていた。

(ユーリおねえちゃんは凄いね)

(なに、この程度の人心掌握《しょうあく》など大した事ではない)

そうして与えられた仕事をこなしつつ、ローランが作ったリストをもとに、一人一人探りを入れていくが、いずれもシロだった。

そんな中、対象の一人が向こうから近寄ってきた。

「リアナちゃん、ちょっと相談があるんだけど」

屋敷に出入りする若い商人の男が仕事中のユーリに話しかけてきた。ユーリは猫を被ったまま応対する。

「はい、なんでしょうか？」

極上の笑顔も忘れずに。

「アルス様は慣れない環境で苦労しているでしょう。アルス様の好物を教えてもらえるかな？」

その問いにユーリは笑顔で答える。表向きは素直に喜んでいる表情だが、心の中では、獲物がかかった手応《てごた》えに満足している。

一方の相手も「かかった」と思っていたのだが、顔に出ているのがユーリにはバレバレだった。

「アルス様の好物は――」


翌日――

アルスの居室のドアをノックする音を聞き、ローランが扉を開ける。

「失礼します。アフタヌーンティーのお時間です」

小さなワゴンを押して、リアナ――ユーリが入ってきた。ワゴンにはティーセットと半球状の蓋《クロッシュ》に覆《おお》われたトレイが載っている。

「ユーリだよな？」

「リアナですわ、お坊《ぼっ》ちゃま」

知っている者でも騙されてしまいそうな可愛らしい笑顔に、アルスもローランも目を奪われる。

その間に、ユーリは準備を進めていく。カップに紅茶を注ぎ、クロッシュを外すと、アルスの視線がトレイの上に向けられる。

「それって……」

「はい。ミシェル様から差し入れのアプルパイでございます」

ここ数日、貴族の食事に辟易《へきえき》していたアルスには、どんな美食よりもミシェルのアプルパイの方が嬉しかった。

「お召し上がりになりますか？」

ユーリはニッコリと微笑む。

「ああ、もちろんだ」

「ですが……食べると死にますよ？」

「えっ⁉」

驚くアルスを見て、ユーリは素の姿を現す。

「毒入りだ。尻尾を掴んだ。ネズミはエスクという男だ」

エスクは子爵家に出入りするトクウェル商会の人間で、確かに、屋敷に病原体を持ち込むには格好の存在だ。

ローランがユーリに尋ねる。

「捕らえますか？」

「いや、しばらく泳がせる」

自分の命が狙われたという事実に、アルスは背筋が凍《こお》る思いだった。

†

翌朝——

アルスの居室をアデリーナが訪れた。彼女は部屋に入るなり、呆れ顔をする。

「ユーリちゃん、何してんの？」

「アデリーナさん、私はユーリではありません。アルス様付きのメイド、リアナです」

ユーリはメイド服姿で、ソファーに座っている。その隣にはアルスがいる。

「どこの世界に当主の隣でアプルパイを食べてるメイドがいるんだよ」

「ここにおるぞ」

ユーリはメイドの仮面を脱ぎ捨て、足を組む。

「ミシェルの特製だ。美味いぞ。そなたも食べるか？」

「そんなことしてる場合じゃないよ」

「なんだ、またまた、厄介事か？」

「ああ、獣人たちがトクウェル商会長の邸宅を取り囲んでる」

ユーリの目つきが険《けわ》しくなる。

「トクウェル？　エスクのところか。ちょっと待ってろ」

ユーリはクローゼットに向かい、扉を開ける。

「だから、なんで当主のクローゼットに自分の服が入っているんだよ」

ユーリはアデリーナの言葉を聞き流し、目立たない服を取り出す。

「ちょ、なにしてんの！」

いきなり服を脱ぎ出したユーリに、アデリーナが驚きの声を上げる。

「メイド服で行くわけにもいかぬだろ」

ユーリはさも当然と答える。

「そうじゃなくて！」

「二人とも見ておらぬぞ」

アルスもローランも、ユーリがクローゼットを開けると同時に、当然のように視線を逸らしていた。今までも似たようなことが何度もあったからだ。

「ローラン、急な話だが例の件、今日にするぞ。クロードとともに、現場へ行け」

それだけ伝えると、地味な灰色のフード付きローブを羽織り、部屋の扉へと向かう。素性を隠すために金髪で瞳は赤のままだ。

「さて、行くぞ」

「待ってよ」

部屋から出ようとするユーリを、アデリーナが慌てて追いかける。

「案内せよ」

二人は急いで現場へと向かうことにした――

トクウェル商会長の屋敷は市街地を離れ、富裕層の邸宅が並ぶ閑静《かんせい》な住宅街にある。

広い屋敷の周囲には高い鉄柵《てっさく》が巡らされ、入り口には鉄の鋲《びょう》と飾りが施された巨大な木製の扉があり、商会の紋章《もんしょう》が煌《きら》びやかに描かれている。普段から門番が警戒しているが、今は街の秩序を守る衛兵も加わっている。

二人がトクウェルの屋敷に着くと、百人以上の獣人が商館を取り囲んでいた。

獣人は獣の特徴を備えた人間で、その姿は様々だ。犬や猫、熊《くま》や獅子《しし》など多岐《たき》に及ぶ。そのうえ、同じ猫人でも耳が猫の形をしただけの者もいれば、全身が猫のような体毛に覆われている者もいる。

そのような多様性を持った集団が集まっているのだ。

チリチリとした空気にユーリの血が騒ぎ、思わず笑みがこぼれる。

「まだ、大丈夫そうだな」

獣人は高らかに要求を伝えるが、武力行使に出る様子はなかった。

「なぜ、トクウェルが標的にされておるのだ？」

離れた場所から推移を見守ることにしたユーリは、アデリーナに尋ねる。

「獣人の労働を取り仕切っているのがトクウェル商会なんだよ」

この街では獣人差別があり、彼らは普通の職には就《つ》けない。安い賃金で日雇いの肉体労働をすることしか許されていなかった。そして、それを仕事を斡旋しているのがトクウェル商会だ。

「疫病で仕事がなくなったのだな」

疫病による死者こそ少なかったものの、病で伏せっている者は多く、経済は停滞していた。貧しい彼らは、仕事がなければすぐに飢《う》えてしまう。だから、仕事を回すように要求しているのだ。

獣人の仕事を減らせば、商会としても利益が減る。本当に仕事がないのか、仕事をさせないようにしているのか。後者であれば、なんらかの魂胆《こんたん》があるはずだ。

「トクウェルはだんまりか？」

門戸は固く閉ざされ、屋敷は静まり返っている。様子を見るために、徐々に市民が集まってくる。

「獣人と市民の間に、軋轢《あつれき》があるとのことだったな」

「もともと、この街には獣人差別がある。それに最近、きな臭い噂が広まっているよ」

「噂か。とすれば、このままでは衝突するな」

市民が続々と集まってくる。人が増えるにつれ、群衆の興奮は激しくなっていく。

「近くの高い場所にエスクがいる可能性が高い。捕らえろ」

「分かったよ」

アデリーナはユーリの言葉を信じて、そっとその場を離れる。

――今回の対立は疫病に続く陰謀だ。どうしてもこの街を手に入れたい者がいるようだ。

群衆の中から、一人の男が歩み出る。男は獣人に背を向け、市民に語りかける。

「みんなっ！　俺の話を聞いてくれっ！」

「始まったか」

「疫病を引き起こしたのは獣人だ！　その証拠に、獣人の死者はいない！」

疫病の原因はスラムの獣人。

そんな噂がまことしやかに囁《ささや》かれ、その噂は市民の間に広まっている。

「獣人どもは反旗《はんき》を翻《ひるがえ》し、この街を乗っ取るつもりだ！」

獣人の占める割合はごくわずかだ。少し考えれば不可能だと分かる。

しかし、群衆は冷静さを欠いている。男の叫びは群衆に伝播《でんぱ》し、次々と怒号が上がる。中には、武器を構える者もいた。

「ずいぶんと興奮しておるな。そちらは、アデリーナがなんとかするであろう。あとは――」

†

広い通りを挟んで、トクウェルの屋敷の向かいにある建物。その屋上で、一人の男が魔道具で風を起こし、布袋に入った粉状のものを群衆の頭上に散布していた。

「おっと、そこまでだよ」

背後から接近したアデリーナが魔道具もろとも、男――エスクを蹴っ飛ばす。

「『興奮剤』か……」

高価ではあるが、そこまで珍しいものではない。冒険者も使うことはある。萎《な》えかけた心を燃やすため、魔獣を興奮させ、動きが単調になるよう仕向けるためなどだ。

とはいえ……アデリーナは屋上を見回す。

「これだけの量とはね」

ユーリがドブさらいに使ったのと同じ布袋が一〇個。そのうち半分が空になっている。この量ならば、群衆全体を興奮させるのには十分だ。

とても、出入り商人が一人で買い占められる量ではない。

「良いことを教えてやろう」

「なっ、なんだ……」

「アルスは死んでもいないし、毒にもかかっていない。残念だったな」

アデリーナは倒れ込んでいるエスクの顎を蹴り飛ばし、失神させた。

「尋問は好きじゃないんだよね。クロードにやらせよ」

ひと仕事を終えたアデリーナは肩の力を抜く。

「ああ、でも、間に合ったのかな？」

下の様子を窺《うかが》うと、ちょうど目当ての人物がやって来たところだった。

†

「ユーリ様、お待たせしました」

クロードがアルスとローランを連れてやって来た。アルスはひと目で貴族と分かる、上品な仕立ての正装に身を包んでいる。

「両者を黙らせろ」

「御意」

「アルス、安心せよ。クロードはアデリーナより強い」

「うん」

そう言われても、アルスの声は震えていた。

「では、策を授ける。二人とも、よく聞いておれ」

ユーリはアルスとローランに、この後、どうすべきか教示した。

「これを耳につけておけ」

青い宝玉が嵌まった金色のイヤリング。その片方を自分の耳につけ、もう片方をアルスに渡す。

「あとは、そなた次第。堂々としておればよい。できるか？」

「ああ。やってみせる」

貴族の振る舞い方は、この短期間でローランから徹底的に叩き込まれた。あとは、覚悟だけだ。

ユーリはパァンとアルスの背中を叩く。

「胸を張れ。行ってこい」

クロードが先頭、その後に、アルスとローランが従う。三人は後ろから群衆に近づく。

「控《ひか》えよッ！」

クロードが叫ぶ。数千が入り乱れる戦場にも轟《とどろ》く大音声《だいおんじょう》だ。

その場にいた全員がピタリと動きを止める。騒々しかった空気までが沈み込んだ。

皆の視線が集まる中、クロードがもう一度、声を上げる。

「退《ひ》けッ！」

クロードが剣を抜き、一歩前に出ると、自然と人波が下がり、道ができる。

「アルス様」

「うん」

クロードが堂々と進み、その後にアルスとローランが続く。クロードは多くの者が知っているが、アルスを知っている者はほとんどいない。怪訝な視線がアルスに向けられる。

慣れていないアルスは俯きたくなったが、ユーリの言葉を思い出し、顔を上げる。足は震えていたが、顔はまっすぐ前を向いていた。

そして、最前線に歩み出ると、獣人と市民の間に空白ができる。

視線がこちらに集中しているのを確認し、クロードは高らかに告げる。

「先の疫病で、子爵家の者は皆、死んだ」

その言葉に、ざわめきが起こる。子爵家の件は秘匿されており、市民は初めて聞く話だ。

「静まれッ！」

クロードが剣を掲げると、皆、口を閉ざす。

「このお方はアルス様。先代当主様の血を引く正統な後継者だ」

アルスはその場でぐるりと一周し、全員に自分の顔を見せる。

――落ち着いて。堂々と。上に立つ者らしい威厳を示せ。

ユーリの言葉、ローランからの教え。どこまでできたか、アルスは不安だったが、クロードとローランが頷く。それを見て、及第点を得られたと、アルスの中で自信が生まれた。

「私は子爵家の家令、ローラン。クロード殿の言葉は真実です」

「我が当主となるアルスだ」

静まる群衆、四方八方から飛んでくる視線にアルスは呑まれそうになった。そこに、ユーリから救いの手が伸びる。

（よくやったな。あとは、余に従えば良い）

イヤリングから聞こえるその声に不安は消え去った。

（市民側の代表者は誰だ？）

「市民側の代表者は誰だ？」

イヤリングを通じて届くユーリの言葉を、アルスが繰り返した。

「ああ、俺だ」

市民の群れから一人の男が歩み出る。

「名は？」

「スティッツだ」

年上の男相手にも臆すことなく、アルスは会話を続ける。

「蜂起《ほうき》の理由は？」

「疫病を起こした獣人が許せないからだ」

「今回の疫病は獣人が起こしたと？」

「ああ、俺たちに恨みを持つ獣人が復讐《ふくしゅう》しようとしたんだ」

「疫病にかかりやすいのは、弱った者、栄養状況が優れない者だ。獣人が暮らすスラムで疫病が発生すれば自滅する。おかしいではないか？」

「それは、奴らが特効薬を独占していたからだ」

「なぜ、そう考える」

「疫病で俺たちが弱ったところで、クーデターを起こす気だったんだ」

アルスの問いへの答えにはなっていなかったが、クーデターという強い言葉で、群衆の怒りが膨れ上がる。獣人が差別され、スラムに追いやられ、安い賃金で働かされているのは、周知の事実だ。

なぜ、獣人が差別されるのか。

それは彼らが普通の人間よりも身体が大きく、身体能力が高いからだ。冒険者や兵士など戦いを生業《なりわい》にする者は別として、普通の人間が獣人と戦ってもまず勝てない。

その恐怖が差別を生み出した。力で勝てないから、数で、金で、勝とうとしたのだ。

だが、根底にある恐怖が消え去らない以上、今回のようにきっかけがあれば爆発する。

数を頼りに取り囲んでいる現状こそが、まさにそれを証明していた。

「スティッツよ。確かに、そなたの言には一理ある」

アルスは一度退いて、相手を受け入れてみせる。

「そうだろ？」

「ならば、皆に問う」

アルスは対象をスティッツから群衆全体に広げ、大声で問いを放つ。

「獣人はどうやって病原体と特効薬を手に入れた？」

「それは……」

「自分たちで作り出したか？」

獣人にそのような能力はない。

「外から持ち込んだか？」

居住区画が定められ、街への出入りが制限されている獣人には不可能だ。

「誰かから買ったか？」

獣人にそれだけの金はない。

「さあ、我が問いに答えよ」

誰も答えることができない。

「それでも、まだ、獣人が犯人だと言うか？」

アルスはスティッツの目をまっすぐ見る。

「クソッ、領主だからって、偉そうにするなッ！　みんな、横暴を許すなッ！」

スティッツの言葉に呼応するように、アルス目がけて石が飛んでくる。『興奮剤』によって、いきり立った者たちが投げたのだ。

しかし、クロードが飛んできた石をすべて叩き落とす。

「死にたくなければ下がれッ！」

クロードが叫ぶと、彼を中心に直径一〇メートルほどのスペースができる。間近にいたスティッツは腰を抜かしてしまった。

クロードは直剣を高く掲げる。

「――【雷霆降臨《ライド・ザ・ライトニング》】」

そう叫ぶと、天から雷が直剣に落ちる。クロードに被害はなく、雷はクロードが掲げる直剣を覆い、雷光が生きているかのごとく蠢《うごめ》く。

黒き雷神《らいじん》。

前世での彼の二つ名。ユリウス帝とともに戦場を駆け、数千、数万を葬ってきた彼の本来の姿だ。

「子爵の言に異がある者は名乗り出よ。灰燼《かいじん》と化す覚悟とともに」

いきり立っていた群衆はその場にへたり込んでしまう。

興奮を収めるには、恐怖を与えれば良い。

前世でも、クローディスが現れるだけで、恐れをなして逃げ出す敵兵は少なくなかった。

ましてや、平和に慣れきった市民だ。クロードの一喝《いっかつ》で戦意は完全に喪失《そうしつ》した。

「これ以上の抵抗は、領主に対する叛意《はんい》と見做《みな》す。解散せよ」

クロードはスティッツを捕まえ縛り上げる。群衆はそれを見て、散り散りに去っていった。

「ご領主様、ご温情、感謝いたします」

市民がいなくなると、獣人代表の男がアルスの前に跪く。

「獣人の者よ。そなたらの窮状は把握した」

アルスが告げる。

「パンと仕事、どちらを望む？」

「たとえ飢えようとも、我らの矜持《きょうじ》は屈せず。どうか、我らに仕事をお与えください」

「よかろう。トクウェル商会は使えぬようだ。他の商会に話を通しておく。あとはそなたらで決めよ」

「ご領主様の寛大《かんだい》な処置、獣人代表として感謝の意を表します」

獣人は頭を深く下げる。

こうして、一触即発だった獣人と市民の対立は無事に収まった。

†

「エスクの尋問が終わりました」

子爵邸、アルスの居室でくつろぐユーリにクロードが報告する。

「で？」

「ユーリ様のおっしゃる通りでした。疫病も噂もトクウェル商会による陰謀です。それともうひとつ、気になる話が」

「話してみよ」

「商会は疫病の混乱に乗じて、幼子の誘拐を行っているようです」

「ほう。奴はどこまで知っておった？」

「トクウェルから命じられたことを実行するだけでした。いつでも切り捨てられる存在です」

「ならば、そのまま閉じ込めておけ。トクウェルと一緒に処分する」

「御意」

「さて、次はもう一人の尋問か」

クロードは気が重い。それはユーリも同様だったが、顔には出さなかった。

子爵邸の一室。扇動《せんどう》の首謀者であるスティッツが縛られた状態で椅子に座らされていた。

ユーリの尋問が始まる。

「動機は？」

ユーリに問われたスティッツは、観念して語り始めた。

「娘が獣人に殺された」

「娘の名前は？」

「エリサだ」

「歳は？」

「アンタと同じくらいだよ」

娘のことを思い出し、スティッツは涙を零す。

「獣人が憎《にく》いか？」

「皆殺しにしてやりてえ」

「疫病と獣人の噂を流したのはそなたか？」

「ああ……」

「そなたにそうするよう吹き込んだのは誰だ？」

「それは――」

スティッツはユーリの問いに素直に答えていく。

「もう良いぞ」

必要な情報を得たと判断し、ユーリは尋問を終える。

「クロード」

「はっ」

クロードがスティッツの瞳を覗き、頷く。

「やはり、そうか」

ユーリの目に怒りの火が灯った。その火は瞳の奥で静かに、だが、激しく揺れる。

「スティッツよ。話して喉が渇いたろう。茶でも飲め」

クロードが緑色の液体が入ったグラスを、スティッツの口元に持っていく。

スティッツは拒《こば》むように、口を硬く閉ざす。

「安心しろ。毒は入っていない」

毒の方がマシだろうがな――ユーリは心の中で呟く。

スティッツは首を横に振って、口を開こうとしない。その頑なな態度に、クロードは仕方なくスティッツの口をこじ開け、液体を流し込んだ。

「ゲホッゲホッ」

スティッツはむせた後、おとなしくなった。

ユーリは彼が落ち着くの待ってから、問いかける。

「もう一度、聞こう。娘の名は？」

スティッツは愕然とし、身体をブルブルと震わせる。

「俺に……娘は……いない…………」

「縄を解いてやれ」

クロードが言われた通りにすると、スティッツは両手で顔を覆い涙を流す。

「でも……確かに……エリサは……エリサは…………」

スティッツは椅子からくずおれる。床に膝をついても、嗚咽《おえつ》は止まらず、さらに激しくなる。

「『お父さんと結婚する』って言ってくれたのも……花で編《あ》んだ腕輪をプレゼントしてくれたのも……一緒に誕生日ケーキを食べたのも…………全部、嘘だっていうのか…………」

「すべて植えつけられた偽の記憶だ。そなたは【洗脳《せんのう》】されていた」

スティッツは口を開けて呆然とする。瞳孔《どうこう》は開き、ユーリの言葉が届いているかも定かではない。

「連れていけ。自害しないように見張らせろ」

クロードはスティッツをメイドに引き渡しに行き、戻ってきた。

「鎮静剤《ちんせいざい》を飲ませて眠らせました」

「ご苦労」

後味の悪さにクロードは拳を強く握りしめる。

「ルシフェの他にもいるようだな」

【魅了】や【洗脳】——精神を支配する魔法は魔族の得意分野だ。

「皆殺しにしてやりてえ」

ユーリはスティッツと同じ言葉を口にした。

「ユーリ様……」

「反撃だ」

ついに、ユーリが動く。

◆◆ 第四章　冷酷皇帝は反撃に出る ◆◆

獣人と市民の対立事件があった翌日――

夜の路地裏。人目を避けるように、女の子が歩いていた。

そこに不審な大男が現れ、女の子の行く手を塞《ふさ》ぐ。それと同時に、背後からもう一人の男が忍び寄る。

「お嬢ちゃん、夜道の一人歩きは危険だって、親から習わなかったかい？」

「………………」

「世の中には悪い奴がいっぱいいるんだぜ。俺たちみたいな奴がな」

背後の男が女の子の口元に濡れた布を当てる。女の子の全身から力が抜け、その場に倒れそうになるが――

「おっと、大切な商品だ。傷つけるわけにはいかねえ」

大男が女の子を抱き留める。

「おっ」

大男はフードをめくり、女の子の美しい顔に気づく。

「こりゃあ、上玉じゃねえか」

好色な視線で身体をなめ回していると——

「おい、起きる前にとっとと運ぶぞ」

「分かった、分かった」

二人は慣れた手つきで手と足を縛り、麻袋に詰める。

女の子は大男に担がれて運ばれていく。


届け先は先日騒ぎがあったトクウェルの屋敷だった。

二人組は裏門から入り、地下に下りていく。

石造りの階段を下りると、そこは広い部屋だ。階段側に鉄柵があり、その奥には二〇人近い子どもが縛られたまま、座ったり、横たわったりしていた。その目には絶望が浮かび、そこらから、さめざめとした泣き声が聞こえる。

「届け物だぜ」

大男は見張りの男に告げる。見張りの男が檻《おり》を開けると、大男は、袋から出した女の子を中に寝かせる。

「あとは任せたぞ」

「今日はもう終わりか？」

「ああ、一杯、引っかけにな」

「チッ、代わってほしいぜ」

見張りの男の羨む声を聞き流し、二人組は階段を上がっていく。

静寂が取り戻されたのを確認し、女の子は呟く。

「そろそろ、頃合いだ」

女の子――ユーリは行動を開始する。

「あの程度の眠り薬、余に効くわけがなかろう」

ユーリは呟いて、強化魔法を発動させる。

「――【身体強化】」

両手を縛っていた綱《つな》を力任せに引きちぎる。そして、胸元から短剣を取り出すと、足の綱も斬る。

「幼女だからと身体検査もしないとはふぬけておる」

ユーリは立ち上がると、音を立てずに鉄柵に近寄り、錠《じょう》を短剣の柄《つか》で叩き壊す。

「なっ、なんだ⁉」

異変に気づいた見張りが立ち上がったときには、すでに男はユーリに足を払われ、床に転がっていた。ユーリは仰向《あおむ》けになった男の前に立ち、短剣を見せつける。

「動くな。勝手に喋るな」

冷たい声で男に命ずる。

「他の場所に捕らわれている子どもはいるか？」

黙る男に、ユーリが殺気を発する。男の口を割らせるのに暴力は必要ない。殺気だけで十分だ。

「いっ、いない。ここにいるだけだ。だから、助けてくれ」

それだけ分かれば用済みだと、ユーリは男のこめかみを蹴り飛ばし、昏倒《こんとう》させた。

それから、ユーリは牢内の子どもたちに告げる。

「すぐに助けが来るから、おとなしく待っておれ――」

ユーリは階段を駆け上がりながら、金色のイヤリングでクロードに命ずる。

「子どもたちが捕らわれているのは裏門側の地下室だ。総員、突入せよ」

†

トクウェルの屋敷の正門側、物陰から様子を窺う二〇人近い集団がいた。

「ユーリ様から連絡があった。突入する」

門前には門番が五人。昨日の今日なので人数は増えているが、彼らは油断しきっていた。

クロードを先頭に、アデリーナが続き、残りがあとを追いかける。

「何者だ⁉」

あっという間にクロードが三人を無力化する。同時に、アデリーナも残りの二人を昏倒させる。

「あとは手はず通りだ」

クロードは門扉を蹴破って、他の者に命ずる。

皆、優秀なBランク冒険者だ。彼らは落ち着いて行動を開始した。

アデリーナが率いる女性冒険者は裏門側に回り、捕らわれた子どもたちの救助に向かう。

クロードが率いる男性冒険者は屋敷に突入する。屋敷にいる者すべてが陰謀に加担したわけではない。だから、殺しはしない。

ただし、「武装した敵がいた場合は、自らの安全を優先せよ」と伝えてある。

「悪事を働いたトクウェルを逮捕《たいほ》する。抵抗する者は斬り捨てる」

突入すると、クロードは屋敷中に響く叫びを上げた。トクウェルだけが標的であれば隠密《おんみつ》行動を取ったが、今回は屋敷全体の制圧が目的だ。

混乱を生み出すため、冒険者もワザと大きな声と音を立てながら、屋敷の探索《たんさく》を始める。

クロードの標的はトクウェルだ。エスクから聞き出した居室の場所を目指す。途中でそれを阻む者は殺さず無力化していくが、速度を緩めることはなかった。

居室は最上階である五階にある。クロードは、二階、三階と駆け上がり、五階への階段の途中で立ち止まり、しゃがむ。

彼の頭があった場所を槍が水平に通りすぎた。

太い槍だ。通常の倍以上の太さがある。そして、標準より長い。

取り回しが難しい大槍を水平に振るったのは、その武器に相応しい巨漢《きょかん》だ。身長二メートル以上、体重は一五〇キロを超える。ざんばら髪で顔を斜《なな》めに傷跡が走っている。

「へえ、あれを躱すとは、さすがはクロード様だなあ」

不意打ちの一撃を躱されたにもかかわらず、男は余裕の笑みを浮かべる。

「ギーグか」

攻撃してきた相手はクロードのよく知る相手。彼と同じくAランク冒険者であるギーグだ。

「悪《わり》ぃが、この先は通せねえな」

ギーグはクロードを見下ろし、大槍を突き出す。

対するクロードの武器は直剣。リーチで負けるうえ、足場の悪い階段、しかも、上にいる相手と戦う形――かなり不利な条件だ。

同じAランク冒険者であっても、周囲の評価は対照的だ。

寡黙《かもく》ではあるが品行方正なクロード。

粗野《そや》で黒い噂が絶えないギーグ。

「俺は弱い者いじめが大好きなんだよ。ここの雇い主はイイ奴でな。獲物は供給してくれるし、やりすぎて殺しても揉《も》み消してくれる。ここ以上の職場はないぜ」

「噂通りのクズだったか」

Aランク冒険者であれば、悪に染まる必要はない。真っ当に働くだけで、どんな贅沢《ぜいたく》も思いのままだからだ。

それでも悪に身をやつす者がいる。それはギーグのように、人間を殺すことや、弱者をいたぶることに快感を覚えるタイプだ。

「良い子ちゃんのクロードは知らねえだろうが、人を殺すのは気持ちイイぜ。一度味わったらやめられねえ」

「堕《だ》したな」

「お前もこっち側に来ねえか、楽しいぞ？」

ギーグは下卑た笑みを顔に貼りつける。

クロードは応じずに直剣を構える。

「おっ、やろうってのか？　俺は弱い者いじめが大好きだって言ったろ。たっぷり、いじめてやるよ」

今世において、クロードは本気を出して戦ったことはない。ギーグだけでなく、命を懸けて他人と戦うのも初めてだ。剣の柄をギュッと握りしめる。

ギーグは大きく口元を歪めると、連続で突きを放ってくる。リーチとポジションの有利を活かし、近づけさせない作戦だ。

足場が悪いにもかかわらず、クロードは華麗なステップと剣さばきで、ギーグの攻撃をいなす。

だが、なかなか距離を詰めることができず、防戦一方だ。

「おら、どうした。その程度か？」

粗暴な性格に対し、ギーグの戦い方は理に適《かな》ったものだった。クロードはなかなか近づけない。

そのうち重い一撃を受け、クロードが足を踏み外し、転んだ。

「ははっ。その程度だったか」

絶好のチャンスと、ギーグはクロードの頭めがけて、鋭い一撃を放つ。

観客がいたなら、クロードの負けを確信しただろう。

しかし、クロードは横に転がって回避し、そのまま、斜め上に飛び上がる。

転んでみせたのは作戦だ。隙を見せて、大技を打たせ、カウンターを狙う。

「なっ⁉」

ギーグは驚いてみせるが――

「なあんてな」

すぐに大槍を引き、クロード目がけて横に薙《な》ぐ。クロードはそれを躱したものの、穂先が彼の頬をかすり、赤い血が垂れる。

「バカ正直なお前の考えなんて、お見通しだ。残念だったな」

ギーグはガハハと笑い、余裕を見せる。クロードは一度、退き、頬の血を手で拭う。

「どうやら、俺も平和ボケしていたようだ」

クロードは大きく息を吸い込み、そして、吐き出す。それと同時に、前世のクローディスを思い出す。

味わったことのない殺気に、ギーグは戦慄《せんりつ》した。

刹那《せつな》、クロードの身体がブレる。

一瞬で距離を詰め、ギーグが反応する前に、腹に前蹴りを叩き込む。

ギーグは数メートル近く蹴り飛ばされ、床に転がった。肋骨《ろっこつ》が何本か折れ、臓腑に穴が空く。着地の衝撃で右腕も折れていた。

クロードはゆっくりと歩み寄る。

「人を殺すのが気持ちいいだと？　そういう奴は何人も見てきた。だが――」

血に酔う。

戦場ではありふれた症状だ。殺す快感に溺《おぼ》れ、冷静さを失い、命も失う。

「そいつらはみんな死んだ」

感情をそぎ落とした抜き身の剣。

戦場を駆ける黒き雷神。

純然たる殺意の塊《かたまり》。

前世のクローディスがそこにいた。

「最後に生き残るのは、冷酷に自らを律《りっ》する御方のみだ」

苦しみにのたうち回ってうめき声を上げるギーグに、その声が届いたかは分からない。

クロードはギーグを見下ろし、胸元に剣を突きつける。

「ひっ！」

ギーグは怯え、全身を激しく震わせる。

「死ね」

剣に力を入れると、ギーグは泡を吹いて失神した。

「俺は弱い者いじめは好きでない。命拾いしたな」

もっとも陛下に命じられれば躊躇しないが——彼の心の声を聞く者はここにはいなかった。

†

クロードがゴミ掃除を終え、トクウェルの居室にたどり着くと、主はすでにそこにいた。

執務机に行儀悪く座るユーリを見て、クロードはその場に跪く。

「陛下をお待たせした不徳、何卒《なにとぞ》お許しを」

クロードの頬の傷を見て、ユーリが興味深そうに告げる。

「ほう。そなたに傷を負わせる奴がいたのか。そっちの方が面白そうだったな」

「汗顔《かんがん》の至《いた》りです」

クロードは深く頭《こうべ》を垂れる。

「そろそろ戻ってよいぞ」

クロードは主の意を図りかねた。

「今のそなたはクロードだ。クローディスではない」

その言葉にハッとして、クロードは立ち上がる。

「ユーリ様、遅くなりました」

「それで良い」

室内はすでにユーリによって制圧され、使用人や警備の者はすべて床で意識を失っていた。

無事なのは、トクウェル本人だけだった。正確にはまだ無事なだけだが。

「な、なんだっ、金が目当てなら、いくらでも払う」

彼は拘束《こうそく》されていない。それでも、ユーリの気迫に圧《お》され、椅子に座ったまま動けずにいた。

ユーリは透き通る青翡翠色の瞳でトクウェルを射止める。

「【洗脳】ではないな。【増幅《ぞうふく》】か」

どちらも魔族が得意とする精神操作魔法だが、【洗脳】が相手を意のままに操るのに対し、【増幅】は相手の欲望を増幅させるもので、【洗脳】よりも【増幅】の方が簡単にかけられる。

トクウェルの場合は、金と名声に対する欲望を【増幅】させられていた。

「エスクという男を知っているな？」

「いや、そんな男は……」

「身柄は確保している。それでも、しらばっくれるか？」

「…………」

トクウェルは口を閉ざすが、ユーリの視線には耐えきれなかった。

「………………ああ、知っている」

渋々と認める。

「背後にいるのは誰だ？」

「答えたら……あのお方に……殺される」

「今、殺してやってもよいのだがな」

軽い口調でユーリが告げる。見た目は幼女だが、殺人に一切の躊躇《ちゅうちょ》がない。彼はユーリの言葉が嘘やハッタリではないと悟った。

葛藤の末、トクウェルが口を開こうとした時、ユーリの言葉がそれを遮る。

「疫病を流行らせるには病原体が必要だ」

なにを当たり前のことを、と思ったトクウェルは、彼女の意図が理解できない。

「だが、必ず用意するものがもうひとつある」

「………………」

謀略《ぼうりゃく》などとは縁のないアルスとローランには、それがなにか分からなかった。

アデリーナはユーリの言葉で勘づいた。

ユーリとクロードにとっては自明だった。

そして、実行犯であるトクウェルも当然、知っている。

「特効薬だ」

「…………」

疫病を流行らせようというのに、自分たちが被害に遭《あ》っては元も子もない。特効薬を用意するのは必然だ。

「そして、特効薬を作るのに必要なのはユニコーンの角」

「…………」

「ユニコーンの角を得るためには無垢《むく》な乙女が必要」

「…………」

「さあ、答え合わせだ」

ユーリは口元を歪める。トクウェルは冷や汗が止まらない。

「領地にユニコーンの森があって、乙女を集めている者は誰だ？」

「…………」

「正直に喋れば、命だけは助けてやるぞ」

「わ、分かった。だから、命だけは」

トクウェルは狼狽《ろうばい》して、みっともなく命乞《いのちご》いをする。

それに対して、ユーリは笑みを浮かべる。

「約束してやろう」

ユーリの笑顔に救いを求め、トクウェルが白状する。

「ハウゲン侯爵だ」

「奴の狙いは？」

「この領地を自分のものにするためだ」

先ほど「答え合わせ」と言った通り、ユーリにとってこのやり取りはあくまでも確認にすぎない。

前世であれば、このような迂遠《うえん》な手は選ばなかった。「殺せ」のひと言で済んだ。言質《げんち》を取ったのは、母親裁き同様、アルスのため。彼を納得させ、大義名分を与え、罪悪感を抱かせないためだ。

だが、この先はアルスの力は及ばない。だから、ユーリは自分でケリをつける。

「それだけ聞けば十分だ。クロード、縛り上げろ」

「なっ、話が違うじゃないか!?」

「違わぬ。殺さぬと言っただけだ。死ぬ方がマシだがな」

「むっ、むぐぅ」

クロードが口を縄で縛ったので、トクウェルはくぐもった声しか出せなかった。

手足を縛ったトクウェルをクロードが担ぎ、彼らは地下牢へ向かった。

そこでは、アデリーナ含む数人の女性冒険者が、子どもたちのケアを行っていた。

ユーリはアデリーナに話しかける。

「どうだ、少しは落ち着いたか？」

「みんなまだ……」

アデリーナは首を横に振る。

ハウゲン侯爵の欲を満たすためだろう、怯えた顔だが、眉目麗《びもくうるわ》しい者ばかりだ。

（みんな、かわいそう……）

（起きたのか？　寝ていた方がよいぞ）

眠っていたユリアナが目を覚ました。今日の出来事はユリアナには見せたくなかったので、「眠っていろ」と言っておいたのだが。

（でも、起きちゃったから、眠れないよ）

（そうか……）

これから起こる惨劇《さんげき》はもっと見せたくない。見せたくないのだが――

（覚悟しておれ）

（うん……）

攫《さら》われてきた者たちには、もうひとつ共通点があった。

――『魔核』が目当てか？

一生のうちに『魔核』が生み出す魔力量は遺伝で決まる。鍛えることによって魔力を効率的に使えるようにはなるが、上限を変えることはできない。

ここに集められた子どもたちは皆、優れた『魔核』の持ち主だ。

――ユニコーンの角が目当てか、他に理由があるのか……今は、分からんな。

「クロード、置け」

クロードは縛り上げられたトクウェルを床に投げる。

トクウェルを見てアデリーナの怒気が膨れ上がった。

「まあ、待て」

殴《なぐ》りかかろうとしたアデリーナをユーリが止め、その腕をクロードが掴む。

「そなたよりも相応しい者たちがいる」

ユーリは子どもたちに呼びかける。

「よく聞け。そなたらを攫ったのはこの男だ」

難しい説明を省《はぶ》き、悪人であることだけを伝える。

（このおじさん、嫌な感じがする）

（この子らを攫って、殺そうとした男だ）

（そんな悪い人なんだ……）

ユリアナ同様、子どもたちもまだ混乱しており、状況が理解できないようだ。

「今までも同じように攫われた子どもたちが酷《ひど》い目に遭わされた。そして、そなたらもそうなる予定だった」

子どもたちは怯えきった顔だ。

「怖いか？　憎いか？」

ユーリは床に短剣を放る。

「好きにして良いぞ」

子どもたちの視線が短剣に注がれる。

（えっ、この子たちに傷つけさせるの？）

（必要なことだ）

（この人が悪いことをしたから、罰《ばつ》を与えるの？）

（コイツはどうでもよい。子どもたちのためだ）

（でも、そんなことをさせるのは……かわいそうだよ）

（まあ、見ておれ。だが、嫌だったら、無理はするな）

（うっ、うん……）

これからなにが起こるのか、ユリアナは恐ろしい思いでいっぱいいっぱいだった。

「むっ、むっ、むっ」

ユーリの意図を悟ったトクウェルは、泣きながら声ならぬ声で命乞いをする。

「安心しろ。命は奪わぬ」

一人の少女が立ち上がり、短剣を掴んだ。怒りに燃える目でトクウェルを睨みつけたまま、近づいていく。そして――

「妹を返せッ！」

両手で掴んだ短剣を振り上げ、トクウェルの肩に躊躇なく突き刺す。

「むぐぐぅうぅ」

トクウェルは痛みに身をよじるが、全身を芋虫《いもむし》のように動かすことしかできない。

（ひっ、ひどいよ）

残酷な場面にユリアナは、思わず意識を背ける。

ハァハァハァと荒く息をする少女は、唇《くちびる》を噛みしめながらトクウェルから離れた。本当なら、自分の手で殺したいところだろう。だが、その思いは自分だけではない。だから、譲ったのだ。

「次は誰だ？」

ユーリの呼びかけに数人が立ち上がる。

「その短剣なら、そう簡単には死なぬ。好きなだけ恨みを晴らせ」

子どもたちは順番に、怒りと恨みと憎しみをトクウェルの身体に刻んでいく。一周では終わらなかった。無事な場所はないくらい、トクウェルの全身は血まみれだ。それでもまだ、息をしている。

「満足したか？」

子どもたちが頷く。ユリアナはすっかり黙り込んでしまった。

「クロード」

意を察したクロードが頷き、治癒魔法でトクウェルの怪我を癒やす。

約束通り、命は奪わなかった。あとは法によって裁かれるだけだ。

その後、クロードはトクウェルを担いで、外に出ていった。

静まり返る中、アデリーナがユーリに声をかける。

「やりすぎじゃない？」

幼い子どもに残虐《ざんぎゃく》な行為をさせたことに、彼女は異を唱える。

「必要なことだ」

先ほどユリアナに告げたのと同じ言葉を口にするユーリの青翡翠色の瞳に、アデリーナは吸い込まれる。

「ただ、解放されただけであれば、あの子どもたちは被害者のままだ。この先ずっと、この悪夢に囚われ、怯えて生きるしかない」

「確かに……」

「だが、この行為によって、子どもたちは勝者となる。力があれば悪に勝てる、という自信を持って生きていける」

アデリーナもユーリの言葉は正しいと認めざるを得なかった。

なぜ、ユーリはこれほどまでに苛烈《かれつ》なのか。どういう生き方をしたら、この歳でその境地にたどり着くのか。

アデリーナも命のやり取りをし、他人を殺《あや》めたことが何度かある。しかし、それは盗賊《とうぞく》のような悪者を善の立場から殺しただけだ。

だが、戦争は違う。戦争は善《い》いも悪いもない。

見たことも話したこともない相手と。

帰りを待つ家族がいる相手と。

平時に出会えば、親友になれたかもしれない相手と。

そのような相手と、殺し合いをするのだ。

上に命じられたから。

今日を生き延びるため。

国を、家族を、守るため。

それが戦争だ。

数えきれぬほどそれを乗り越えてきたユーリの死生観にたどり着くには、アデリーナの半生では到底足りなかった。

クロードが他の男性冒険者を引き連れて戻ってきた。

「屋敷内は制圧済みです」

「アデリーナ、あとの処理は任せたぞ」

「あ、ああ。ギルドの方でどうにかするよ。アルスには迷惑をかけるけど」

「ミシェルの料理でも、差し入れてやれ」

ユーリは手を振って地下室を後にし、クロードとともに屋敷を出た。

（怖かったけど、ユーリおねえちゃんの言ってること、少し、分かった気がする）

（そうか）

（うん。ユーリおねえちゃんは、あの子たちを助けたんだよね）

（次はユリアナの番だ）

（わたし？）

（ああ、ユリアナが抱える恐怖を解消してやる）

（わたしの……恐怖…………）

クロードがユーリに尋ねる。

「ハウゲンのところに向かいますか？」

「いや、実家に帰る」

翌日——
トクウェルらの悪事が公表され、エスクを含め、陰謀に加担した者が市中の広場に集められた。

民衆が見守る中、新領主アルスの名のもと、彼らは法に則《のっと》って断罪されたのだが、その頃、ユーリはすでにこの街を離れていた。

†

シルヴェウス伯爵邸の正門前に一台の馬車が止まった。二頭立ての立派な馬車だ。

呼びかけようとした警備兵は、馬車に描かれたカーティス子爵家の紋章に気がつく。

貴族が他家を訪れる際には、訪問を先触《さきぶ》れしておく。迎え入れるための準備の時間を与えるためだ。それが通例であり、礼儀である。

それもなしの訪問に、警備兵は驚き、どうするべきか決めかねている。

その間に、御者《ぎょしゃ》を務めていたクロードが御者台から降りる。そして、馬車の扉を開けると、中からユーリが現れた。

クロードの手を借りて、ユーリが馬車から降り立つ。

屋敷を出たときと同じ三段に重ねられた白いフリル付きのティアードドレス。だが、その色が青から白――嫁入りの色へと色抜きされていた。

その腕には、眠るルシフェを抱いている。彼女もよそいきの薄ピンク色のドレス姿だ。

二人の美しさに目を奪われ、呆ける警備兵にユーリが告げる。

「どうした、当家の令嬢の顔も忘れたか？」

「ユ、ユリアナ様」

「娘の帰還だ。父のもとへ案内せよ」

ユーリの言葉に我に返った警備兵が慌てて門を開ける。

警備兵の一人が報告のために屋敷に向かって走り、もう一人はユーリたちを先導する。

一行が屋敷の中に入ろうとすると、中から執事長が息せき切ってやって来た。

「どうした、息が上がっているぞ？」

「お嬢様！　ご無事でしたか」

「落ち着いたら顔を出す、と言ったであろう」

そちらのお二方はと執事長は尋ねそうになったが、ユーリの態度を見て、口をつぐむ。

――信頼できる者と出会えたのですね。

屋敷でのユリアナの扱いを思い出し、執事長の目に涙が浮かぶ。

「感慨《かんがい》に浸《ひた》るのは後にしろ」

「お嬢様、お帰りなさいませ。どうぞ、中へお入りください」

ユーリの言葉に執事長は恭しく応える。

「父はおるか？」

「執務中でございます」

それを聞いて、ユーリは屋敷に向けて歩を進める。

「むぅ」

今のやり取りで、ルシフェが目を覚ました。

「おはよごじゃましゅ」

「起きたか。下りるか？」

「おりりゅー」

「ルシフェも来るか？」

「いくー」

「ならばついてまいれ」

ユーリは腕の中からルシフェを下ろすと、手を繋いで屋敷に入り、まっすぐに執務室を目指す。

（ユリアナ、父をどう思っておる？）

（どうって？）

（好きか？　嫌いか？）

（家にいたときは、好きとか嫌いとか考えたこともなかったの。ただ、怖かっただけ。それが普通だと思ってた）

人は育った環境が普通だと思う。それが普通でないと気づくのは、他の環境を知ってからだ。

（ユーリおねえちゃんのおかげで外の世界を知れて分かったよ）

（ほう）

ユーリの口元が緩む。

（わたしは、お父様が怖い。お父様が嫌い）

（なら、そのように振る舞ってやろう）

執務室に着き、執事長がノックしようとしたが――

「親父《おやじ》、戻ったぞ」

ユーリは両開きの扉を蹴破った。

蝶番《ちょうつがい》が悲鳴を上げ、蹴られた場所には穴が空き、激しい音を立てて、二枚の扉が倒れる。飛び散った破片がシルヴェウス伯爵の頬に傷をつけた。

「なっ、なんだ……」

心を整える時間もなく、ユーリの荒々しい登場に、彼は怖《お》じ気《け》づく。

頬が熱く痛む。それと同時に、以前、彼女につけられた額の傷がジクジクと痛んだ。

今すぐにでも逃げ出したかったが、貴族としての面子《めんつ》がなんとか彼を押しとどめた。震え声でユーリに問いかける。

「ユ、ユリアナ、気が変わって戻ってきたのか？」

自分から絶縁したユリアナの帰還を、シルヴェウスは自分の都合の良いように解釈《かいしゃく》した。

「今からでも、遅くはない。ハウゲン侯爵にはこちらから頭を下げるから安心せよ」

娘に媚《こ》びるような視線を向けるが、ユーリは父の言葉を無視して、ソファーに座り、足を組む。

その隣に、ルシフェもちょこんと座る。クロードは背後に立ち、シルヴェウスに無言の圧力をかける。

「ひっ……」

ユーリが足を組み替える。それだけで、シルヴェウスの心臓は悲鳴を上げた。

執事長がオロオロしているが、ユーリはいつもの調子で口を開く。

「おい、この家は客に茶菓子も出さぬのか？」

「はっ、早く、用意しろっ！」

恐怖心を誤魔化すために、シルヴェウスは執事長にキツく当たる。

「今、お持ちします」

執事長が怯えているメイドに命じる。

メイドは一秒でも早くこの場所を逃げ出したいと、転げるようにして部屋を出ていった。

「おかち？」

「ああ、とびっきりのヤツだ」

「やったー」

ルシフェは屈託《くったく》のない笑顔を向ける。だが、この状況でも笑みを浮かべている幼女が、シルヴェウスは逆に恐ろしかった。

「その二人は何者だ？」

「護衛のクロードとメイドのルシフェだ」

そっけなくユーリが答える。

「その歳でメイドか？」

「八歳で娘を嫁《よめ》に出す父親がいるのだ。三歳のメイドがいてもおかしくなかろう？」

ユーリは皮肉を込めて言った。

「いったい、どうしたんだ。本当にユリアナなのか？」

「娘の顔も忘れたのか？」

ユーリが凄んでみせる。それだけで、シルヴェウスは背筋が凍りついた。

「貴様の望み通り、ハウゲンに嫁ぐ。明日には出る。急いで支度せよ」

ユーリは要求だけを突きつけた。

本心としてはいち早く出発したいが、ハウゲンを油断させるために先触れを出す必要がある。

「ほっ、本当か？」

娘の言動がまったく理解できなかったが、シルヴェウスは思わず安堵する。

「二度、言わせるな」

しかし、睨まれて、すぐに怯えてしまう。

「お嬢様、お菓子をお持ちしました」

メイドがトレイに菓子を載せて、恐る恐る戻ってきた。手も足もガクガクで、トレイが激しく揺れている。

「あっ」

メイドがつまずき、トレイは宙を飛び——クロードが無事にキャッチする。

「ひぃ」

メイドは顔面蒼白《そうはく》だ。貴族家では使用人が粗相《そそう》をしただけで、殺されることもある。この状況での失態、メイドは死を覚悟した。

ユーリは立ち上がる。そして、倒れているメイドの手を取り、笑顔を向ける。

「大丈夫か？　怪我はないか？」

父に向けた笑顔とは別の、最近覚えた笑顔だ。

「はっ、はい」

「気にするでない。そなたを害するつもりはない」

恐怖から安堵。急激な感情の上下にメイドの身体から力が抜ける。それをクロードが支えた。

「この者を休ませてやれ」

ユーリが別のメイドに告げる。

「お嬢様、お菓子はどういたしましょうか？」

執事長が尋ねる。

「そこのルシフェに与えておけ」

「承知しました」

彼はクロードからトレイを受け取り、ルシフェの前に差し出す。

「ありゃあとー」

ルシフェがお菓子に手を伸ばす。

「おいちー」

ルシフェが頬張る姿を見て、ユーリは立ち上がる。

「クロード、ルシフェの隣でそいつを睨みつけておけ」

「御意」

「るぅは？」

「お菓子を食べて、おとなしくしておれ」

「わちゃったー」

クロードはソファーに腰を下ろし、威圧する。

「…………」

シルヴェウスは脂汗をダラダラと流し、口をパクパク動かすことしかできない。

クロードが威圧を強めれば、それだけでシルヴェウスは失神する。しかし、彼はユーリの意図を理解していたので、ギリギリ失神しない程度に留める。シルヴェウスにとって、地獄の時間が始まった。

ユーリは廊下を進みながら、ユリアナに語りかける。

（まだ、父が怖いか？）

（ううん。ずっと怖かったけど、ユーリおねえちゃんにかかれば、あんなに弱いんだね）

（少しは気が晴れたか？）

（うん！　スッキリしたよ！）

（ならよかったな）

（ユーリおねえちゃんは本当に凄いね！）

（これでひとつは取り除けた。次はアイツだ）

（ユーリおねえちゃんなら、大丈夫だね）

ユリアナの気持ちが伝わってきて、ユーリも満たされる。

（余の用事は終わった。ユリアナがしたいことに付き合うぞ）

（自分の部屋が見たいな。あと、執事長さんと話したい）

「そこのメイドよ」

「はっ、はいっ」

近くにいたメイドを呼び止め、怯える彼女に伝える。

「私室におる。執事長を呼べ」

「しょ、承知いたしました」

廊下を歩いているうちに、執事長が早足で追いかけてきた。

「お嬢様。御用でしょうか？」

（余からは何も言わぬ。ユリアナが言いたいことを余に言えば、そのまま伝えてやろう）

（ユーリおねえちゃん、ありがとう）

（いつも身体を使わせてもらっているからな。これくらいはお安い御用だ）

「余ではなく、ユリアナがそなたと話したがっておる」

「ユリアナお嬢様が……分かりました」

執事長はユーリが家を出たときから、彼女が自分の知るユリアナではないことに気がついていた。

それでも、いざ本人から明言されると、少なからず心に動揺が走る。

（あとは好きにせよ）

（うん！）

ユーリはユリアナの意思に従って動くことにした。

ユリアナは自分の部屋を見て驚く。

「私が出たときのままだ」

「ええ、いつお嬢様がお戻りになってもいいように、整えておきました」

「ありがとう」

（この男は忠臣だな）

執事長の忠誠心に、ユーリはクロードの言葉を思い出す。

——今世でお会いできなければ、再度、転生してお待ちいたします。

執事長はユリアナが戻ってくる可能性はほとんどないと思っていたのにもかかわらず、毎日部屋を綺麗に保っていたのだ。

——そなたらには、世話になった。その忠義は決して忘れぬ。落ち着いたら、一度、顔を出す。

それまで息災であれ。

別れ際にユーリが伝えた言葉を信じ、執事長は自分のすべき務めをしっかりとこなしたのだ。

ユリアナはベッドに近づき、枕元に置かれたくまのぬいぐるみ『ぷうすけ』を手に取り、ギュッと抱きしめる。

「腕がほつれていたので、修繕《しゅうぜん》しておきました」

それだけではない。ぷうすけは洗われて綺麗になっている。洗剤の香りを吸い込み、さらに強く抱きしめた。

「もう、戻ってこられないかと思ってた」

しばらくぷうすけを堪能《たんのう》した後、ベッドに下ろす。

部屋を整えていたのは執事長だけではない。

「お世話になったみんなと話したいな」

「承知しました。すぐに、集めてまいります」

そう言って、執事長は部屋を後にした。

しばらくして、数人の執事やメイドが集まった。皆、これから何が始まるのか、不安と期待で心が揺れていた。

ユリアナはなかなか勇気が出なかったが、やがて、決心する。

「みんな今までありがとう」

「お嬢様……」

自分たちが知っているユリアナだと、皆、すぐに気がついた。感極まって、涙を流す者もいる。

「信じられないかもしれないけど……」

ユリアナはユーリのことはぼかしながらも、自分の身に起こったことを説明していく。

今まで良くしてくれたことを感謝していること。

自分の身体の中にはもう一人別の人間がいて、自分を守ってくれること。

外の世界に出て、いろいろ経験して、楽しかったこと。

多くの人に親切にしてもらえたこと。

そして、ハウゲンとは結婚するつもりがないこと。

「だから、心配しないで」

ユリアナが話し終えると、使用人たちのすすり泣く声が部屋に響く。

（満足したか？）

（うん。ユーリおねえちゃん、ありがとう）

（気にするでない）

「ユリアナからの話は以上だ。彼女が言ったとおり、ハウゲンとはすぐに破談して戻ってくる。それまで、待っておれ」

ユーリの言葉は安心感を与える。ユリアナの帰還を疑う者はいなかった。

その日は屋敷に泊まることにし、翌朝、一行はハウゲンのもとへ向かう。

†

馬車に揺られること二日——

ユーリやクロード、シルヴェウスをはじめとした一行は、ハウゲンの屋敷に到着した。

屋敷は領都の外れ、小高い丘の上に建っている。シルヴェウス伯爵邸と同じような造りだが、規模も格も段違いだ。

先触れが行っているので、ユーリたちはすんなりと屋敷内へ通された。

屋敷のメイドは皆、若い少女ばかりだ。身につけているのは胸元を強調し、局部が見えそうなほど丈の短いワンピース。機能性ではなく、ハウゲンの趣味を優先している。

他の男性使用人を見かけない中、老齢《ろうれい》で細身の執事服に身を包んだ男が一向に声をかける。

「執事長をしております、アガレスと申します。侯爵がお出でなさるまで、応接間でしばらくお待ちください」

アガレスを見て、ユーリの心がすっと冷えた。クロードもアガレスの背中に鋭い視線を向ける。

(どうしたの？)

(いや、なんでもない)

案内された部屋で待つと、しばらくしてアガレスはハウゲンとともに戻ってきた。

「ずいぶんと時間がかかったな」

ハウゲンは冷たい声で、シルヴェウスに怒りをぶつける。

ユーリが父シルヴェウスから婚姻の話を告げられてから、かれこれひと月以上が経っている。

「はっ、申し訳ございません」

シルヴェウスは平身低頭、額の汗を拭っている。

「ちゃんと躾けておけ」

ふんっ、と鼻を鳴らし、ハウゲンはシルヴェウスへの興味をなくした。そして、舐めるような目でユーリを見る。

「まあ良い。儂《わし》が躾けてやろう」

（…………）

（余がついておる）

怯えるユーリアナにユーリは安心させるように声をかける。

（わたしのためなんだよね？）

（うむ。ユリアナの過去とも決着をつけてやる）

ハウゲンを倒すだけなら、わざわざこんな遠回りをする必要はない。

これもすべて、ユリアナのため。

誘拐された少女たちを救ったのと同じく、力があれば悪に勝てる、そう彼女に実感させるため。

そのために回りくどい方法で、最初からやり直したのだ。

それにしても、とユーリは思う。

今世において、ユーリは一人も殺していない。ユーリにとっては人殺しなど手段のひとつに過ぎなかった。効率的であれば採用するだけだし、無駄なら避けるだけだ。

だが、ユリアナの身体を借り受けたとき、ユーリは不殺を決めた。

ユリアナには人殺しという業《ごう》を背負わせない――そう決意していた。

冷酷で無慈悲《むじひ》と言われる皇帝だが、ユリウスが屍《しかばね》を積み重ねたのは、より多くの死者を出さないためだ。

強さは「殺す」ために必要であるが、それ以上に「殺さない」ために不可欠だ。「殺さない」のは「殺す」より難しい。それゆえに、冷酷皇帝は力を求めたのだ。

ユリアナが過去の恐怖を乗り越えるのに必要なのは、勝利であって、死ではない。

――だから、ハウゲンも殺さぬ。

二人の会話が聞こえないハウゲンは、ユーリの隣に座るルシフェに視線を移す。

「そいつは誰だ？」

「るぅだよ！」

ルシフェの名乗りに、ハウゲンのこめかみがひくついた。

それを見て、シルヴェウスは慌てて取り繕う。

「ユリアナのメイド、ルシフェでございます」

シルヴェウスは恭しく頭を下げる。

ハウゲンはルシフェに視線を向け、鷹揚《おうよう》に告げる。

「ほう、メイドか。良かろう。そいつも預かってやる」

「むぅ。やだぁ」

「ルシフェ、余と一緒だ」

「ねえちゃといっちょ？　わちゃったー」

「生意気なガキだ」

ハウゲンが吐き捨てるように言うと、シルヴェウスは再び謝罪する。

「申し訳ございません」

「おい」

ハウゲンはアガレスに声をかけた。

「それでは、婚姻の書類を作成しますので、伯爵と護衛の方は別の部屋へ」

アガレスにうながされ、シルヴェウスとクロードが退出する。

「おい。二個持ってこい」

ハウゲンがメイドに申しつける。普段から慣れたやり取りなのだろう。メイドは二つの指輪を持って、すぐに戻ってきた。

「婚約指輪だ。嵌めてやろう。まずはそっちのガキからだ」

「くれりゅ？　ありゃーと」

不躾《ぶしつけ》な物言いにハウゲンは顔をしかめ、舌打ちする。

「まあ、よい」

指輪に釘付けなルシフェはハウゲンの醜悪な顔に気がつかなかった。彼女の指に指輪があてがわれると、指輪は縮み小さな指にピッタリと嵌まる。

「ねみゅい」

そう言うなり、ルシフェは目を閉じ、ソファに倒れる。

「次はお前だ」

ハウゲンは指輪を片手に、ユーリの手を取る。ジットリと脂ぎった汗がユーリを不快にさせたが、彼女は眉ひとつ動かさない。

さっきと同じように指輪が縮み、ユーリの指にピッタリと嵌まる。その瞬間、指輪からユーリの体内に魔力が流れ込んできた。

――なるほど、【睡眠《すいみん》】か。それに加えて……

ユーリは【睡眠】には耐えられた、しかし、全身がほとんど動かせない。動かせるのは口とまぶたくらいだ。

――【拘束】か。

前世であれば、余裕で抵抗できる。だが、この身体では抗《あらが》えなかった。

――今は動けないが、時間をかければ解除できるな。

今すぐに殺されることはない。ユーリはそれが分かると、ルシフェと同じように、目を閉じてソファーに身体を預け、【拘束】を解除する方法を探り始めた。

「二人を寝室に運べ」

ハウゲンはメイドたちに命じた。

寝室に運ばれたユーリは、起きていることがバレないように、薄目で状況を把握する。

そこは寝室というには広かった。

中央には一〇人以上が寝られる巨大なベッドが置かれ、薄明かりの魔道灯が淫靡《いんび》な空気を醸《かも》し出している。

そして、それを助長させるのが、壁際の十数人の少女。上は一〇代後半から、下はユーリと変わらぬ年頃まで。皆、肌が透ける薄着一枚の姿で、虚《うつ》ろな瞳で直立している。

ユーリは少女たちを見て推測する。

あれは【洗脳】か？　いや、あの症状は……

彼女たちの症状にユーリは心当たりがあった。

――やはり、『魔核』か。

人間が生存するために、必須の器官が三つある。

肉体を維持する心臓。

思考と精神を司《つかさど》る頭脳。

そして、魔力を生み出す『魔核』。

少女たちの肉体は生きている。考えることも感じることもできる。

だが、『魔核』を奪われたことによって、両者が上手く結びつかなくなる。少女たちのように、虚ろな状態になってしまう。少女たちは生きているとは言いがたい。死んでいないだけだ。

――なぜ、『魔核』を抜き取った？

他の臓器同様に『魔核』は傷ついても、すぐにその機能を失うわけではない。その間に適切な処置を行えば、魔力を生み出す機能は損なわれない。

だが、抜き出した『魔核』の使用方法を、ユーリは知らない。

魔道具が作られたくらいだ。なんらかの技術革新があったと考えるべきだ。

ユーリは【拘束】を解除しつつ、様子を見ることにした。

彼女とルシフェを運んできたメイドが二人をベッドの中央に下ろす。

「おい」

一緒にやって来たハウゲンが壁際の少女に命じる。そのうち二人が彼に近づき、服を脱がせる。

全裸になったハウゲンはベッドに上がると、ユーリの婚約指輪に自分が嵌めている右手の指輪を重ねる。すると、彼女の身体に魔力が流れ込む。

これは【睡眠】を解除する魔道具だ。

そう悟ったユーリは、今、まさに起きたように演技する。

「えっ、ここは、どこですか？」

「儂の寝室だ。楽しませてやるぞ」

醜悪な笑顔でユーリを舐めるように見る。それだけでも不快なのだが、ハウゲンの局部は屹立《きつりつ》していた。その悍《おぞ》ましさに今すぐ殺したくなったが、【拘束】が解けるまでの我慢だ。ユーリは無垢な乙女の振りをする。

「だが、お前はメインディッシュだ。そこで見ておれ」

そう言い放つと、今度はルシフェの指輪にも同じことをした。

「むぅ。おはよごじゃましゅ」

寝ぼけ眼《まなこ》のルシフェは、場違いな挨拶をする。

「おじちゃ、なんで、はだか？」

ユーリと違い、ルシフェは本当に何も知らない。見たままのハウゲンに、率直な疑問をぶつける。

「お前で遊ぶためだ」

「むぅ。うごけにゃい」

「今、動けるようにしてやろう」

ハウゲンは左手の指輪をルシフェの指輪に当てる。

「うごけりゅー、ありゃあと」

「動かぬ者をいたぶっても面白くない。抵抗する者を蹂躙《じゅうりん》するのが楽しいのだ」

ハウゲンはルシフェの頬を張る。

「いちゃい」

ハウゲンは頬を押さえたルシフェに馬乗りになり、ドレスを引き裂こうとして――

「豚、そこまでだ」

【拘束】を解除したユーリは、ハウゲンの頭をむんずと掴み、後ろにぶん投げた。

「ユリアナの敵は、余の敵だ」

ベッドから転げ落ちた彼にユーリが告げる。

「な、なんで、動けるんだ!?」

「黙れ」

「ひっ」

冷酷な声。ハウゲンは氷の爪で心臓を鷲《わし》掴みされたように震え上がった。

「無様だな。醜悪極まりない」

床に転がる彼に向かって、ユーリは歩く。

「権力を笠《かさ》に着て好き勝手やってきたようだが、借り物の力なぞ、本物の力の前では鼻紙にもならん」

ハウゲンは必死になって、芋虫のように後ずさりしようとする。

しかし、歩み寄るユーリから逃げられるはずもない。

「抵抗する者を蹂躙するのが楽しいのであろう？」

「ひ、ひっ」

無表情で迫るユーリに、ハウゲンは必死に首を横に振る。今まで彼が虐《しいた》げてきた少女たちのように。

「貴様には無用だ」

ユーリは右足に体重をかけ、彼の陰茎《いんけい》と精巣を踏み潰す。

「ぐぎゃあああ」

ハウゲンの絶叫が部屋に響く。

のたうち回る彼の太い首をユーリは掴み、持ち上げる。

「あまり楽しくないぞ？」

彼の局部から噴き出る血を気にもせず、ユーリはその目を覗き込む。

【洗脳】ではないな」

ドブのように濁りきった瞳ではあったが、スティッツのように【洗脳】されているわけではない。

「ただの変態か。いや、コイツも【増幅】か。やはり、背後に魔族がいるな。そいつの目的は――」


――ドオオオオォン！


ユーリが考えていると、扉が粉々に粉砕される音が寝室に響いた。

「ようやく、本命のお出ましだな」

ユーリは振り返り、不敵な笑みを浮かべる。

現れたのは執事のアガレスであった。

「アガレス様！」

助けが来たことに、ハウゲンは一条の光明《こうみょう》を見出《みいだ》す。

「助けてください、こやつは――」

懇願《こんがん》するハウゲンにアガレスが歩み寄る。

「貴様は用済みだ」

アガレスは躊躇いなくハウゲンの首を刎《は》ね、ユーリに向けて鋭い眼光を放った。

（あっ！）

（これでユリアナの敵はいなくなったな。あとは余の戦いだ。気にせず見ておれ）

「何者だ？」

アガレスのその問いには答えず、ユーリはわざとらしく顔をしかめてみせる。

「臭《くさ》いぞ。魔族《ゴミ》の臭《にお》いがプンプンする」

「なんだとッ！」

侮辱《ぶじょく》されたアガレスは、怒りをあらわにする。

「下手くそな物真似はやめたらどうだ？」

「人間風情がいきがりおってッ！」

突如、アガレスの『魔核』から魔力が膨れ上がり、魔族本来の姿を取り戻す。

身長二メートルほどで筋骨隆々。全身緑色で太い腕は四本。額から生えた二本の角が魔族の証だ。

変身の魔力に当てられ、壁際にいた少女たちが次々とくずおれる。

「なんだ。ゴブリンだったか」

ユーリが挑発する。

ゴブリン、緑色をした小鬼姿の魔獣だ。魔族と魔獣はともに人間に仇《あだ》をなす存在だ。その違いは理性を有しているかどうか。

魔族を魔獣扱いするのは人間を猿扱いする、いや、それ以上の侮辱だ。

単純な挑発だが効果はてきめんで、アガレスは怒髪天《どはつてん》を衝《つ》く勢いで顔を怒りに染めた。

一触即発。そこに場違いな幼女の声が発せられる。

「まじょく?」

「知らぬか?」

「まじょく、しってりゅー」

「ほう」

自分を無視して会話する二人に、アガレスは殺気立つ。

「舐めやがってッ!」

アガレスが八つ当たりに殴ると、ベッドは粉々に砕け散った。

「おっと」

ユーリはルシフェを抱えて跳躍。

「余に任せて、下がっておれ」

「ねえちゃ、がんばえー」

応援してくれるルシフェを下ろすと、ユーリは守るようにその前に立った。

アガレスが魔力を流すと、四本の腕と両足がドス黒く変色する。

そして、四つの手のひらの上に黒い魔力の弾を浮かばせた。

「そいつを守りながら、この攻撃を避けられるか？」

そう言うと、アガレスは魔力弾をユーリ目がけて飛ばす。

「――【身体強化】」

ユーリも白い魔力を纏い、飛んできた四つの弾を腕で払う。

「この程度か？」

「舐めやがってッ！」

アガレスはステップを踏みながら、次々と魔力弾を放つ。

「貴様の性根のように濁った色だな。ドブの方が綺麗だぞ」

ユーリは軽口を叩きながら、すべてを叩き落としていく。

「余が知っている漆黒《しっこく》の魔力に比べたら、雲泥の差だな」

漆黒の魔力？

ユーリは自分の言葉に戸惑う。

どこで見たのだ？

記憶にあるはずなのだが、思い出せない。

思考を巡らせながらも、飛んでくる魔力弾を難なく払い落とす。

やがて、アガレスの動きが止まった。

「どうした？　弾切れか？」

ユーリの挑発に、アガレスは勝ち誇った笑みを浮かべる。

「フハハ、愚かな奴め」

途端、アガレスの足元が黒く光る。

現れたのは、魔力でできた複雑な幾何学《きかがく》模様が描かれた黒円——魔法陣だ。

「時間稼ぎに引っかかるとはな」

アガレスが手を動かすと、それに合わせて魔法陣も持ち上がり、アガレスの身体の前に展開される。

「これで貴様らも操り人形だッ」

魔法陣から無数の黒い魔力矢が飛び出す。

ユーリが黒矢を弾こうとするが、今度は、上手くいかない。

黒矢はユーリの身体だけでなく、ルシフェの身体にも吸い込まれていく。

「フハハ、所詮《しょせん》、人間風情が魔族に勝てると思ったか」

勝利を確信したアガレスだが、ユーリの様子を見て、口を閉ざした。

「【洗脳】か？　その程度なら余には効かんぞ」

アガレスの【洗脳】魔法には抵抗したユーリだったが、次の瞬間——前世の記憶が脳内で再生される。

†

——ここはどこだ？

皇帝ユリウスは魔王と対面していた。

間違いなく前世の記憶だと確信できたが、今いる場所は白く何もない空間だ。

こんな場所は記憶にない。それどころか、いつ、どこで魔王と出会ったのか、分からない。

そして、この場所にいるのは二人だけではない。人間側はクローディスを含め複数の側近。それは魔族側も同じだった。ただ、クローディス以外は姿がぼやけ、誰だったか、思い出せない。

こうなった経緯も、すべて、思い出せない。

ただ、これから魔王と対決することだけは理解できた。

——魔王ルシフェル。

圧倒的な威厳と美しさが同居する唯一無二の存在。長く流れる漆黒の髪は輝きを放ち、肌は雪のように白い。その対比によって、彼女の美しさがより際立つ。

深い紅の瞳は見る者の視線を釘付けにする。精神の弱い者なら一瞬で【魅了】されてしまう魔眼《まがん》だ。その瞳の奥には、計り知れない知性と冷酷さが宿っている。

黒い鎧には細かい白銀のミスリル装飾が施され、その上には鮮血のように赤いローブを羽織っていた。

魔族を統べる王に、人間を統べる皇帝が語りかける。

「魔王ルシフェルよ。お互い、これ以上の犠牲は望まぬであろう」

「妾《わらわ》もそう思っていたところだ」

「余とそなた、直接対決でケリをつけるのはどうだ？」

「同感だな。卑怯《ひきょう》な人間ごときでも、まともな考えができるのだな」

「そっちこそ、それだけの知性を持ち合わせていたとは驚きだ」

ルシフェルが剣を抜いた。

ユリウスも同じく剣を抜く。

そして、二人が同時に動いた。

初撃は互角だった。二人の剣が交わり、鍔《つば》迫《ぜ》り合いが始まる。

その時——二人の『魔核』が共鳴し合い、相手の思いが頭の中に流れ込んだ。

「まさか、妾と同じ立場だったとはな」

「驚きだ。仇敵《きゅうてき》が余と同じ苦悩を抱えていたとは」

二人は剣を引き、距離を取る。

対魔《たいま》戦争。人間側がそう呼ぶ戦いは、魔族と人間の小競《こぜ》り合《あ》いから始まった。そして、お互いに死者を出した。

血が流れるたびに、戦いは大きくなり、お互い引くことができなくなり、最終的に皇帝ユリウスと魔王ルシフェルの直接対決に至ったのだ。

「なぜ、人間を襲った？」

「なぜ、魔族を襲った？」

二人の疑問が重なる。

「そういうことか……」

「してやられたな……」

二人の思考が重なる。

ユリウスは魔族が先に手を出したと信じ。

ルシフェルは人間が先に手を出したと信じていた。

そう思い込ませる何者かがいたのだ。

二人の『魔核』が共振する。

両者ともに頂点に立つ至高の存在。どちらも自らの民を守るために孤高《ここう》であらねばならなかった。

守るべき臣下か、倒すべき敵か、彼らにとっては、それしか存在しなかった。

皮肉なことに、二人だけがお互いの孤独を分かり合える存在だった。

ふたつの『魔核』が重なって、初めてひとつになるような、魂の片割れと出逢《であ》えた。出逢ってしまった。

だが、お互いの立場が、殺し合いを命ずる。

これを悲劇と言わずして、なにが悲劇であろうか。

誰にも見せたことがない笑顔を交換する。

これが最後の触れ合いの瞬間だ。

ユリウスは皇帝の、ルシフェルは魔王の顔に戻る。

「とはいえ、ここで引くわけにはいかぬ」

「妾も同感だ」

「終わらせるぞ」

「それしかない……な」

次の一撃で決着をつける。言葉にせずとも、お互い理解していた。

「クローディスよ。余が死んだら、兵を引け。戦争は終わりだ」

「陛下ッ！」

ユリウスの覚悟を知り、クローディスは叫んだ。

「妾の意も同じだ。妾の死をもって、この戦いを終わらせよ」

どちらかの死でしか、戦争は終わらない。
そして、片方が勝てば、もう片方は滅ぶ。
である以上、丸く収めるには、これしかなかった。
「クローディスよ。余の人生、悪いものではなかった」
「諸侯《しょこう》よ、妾の人生も捨てたものではなかったぞ」
二人の魔力が膨れ上がる。
ユリウスの純白。
ルシフェルの漆黒。
誰も見たことがない膨大な魔力が揺れて、せめぎ合う。
これで終わらせる。
決死の剣が交わる。
白と黒が衝突する。
その瞬間――
「やった。やったぞ。この瞬間を待っておったのだ」
名も知らぬ魔族の声がした。その魔族が持つ何かに二人の魔力が流れ込む。
そして、二人の意識は途切れた。

急に再生された記憶のせいで、膝をついてしまったが、ユーリは過去を振り払って立ち上がる。

「ほう。そういうことだったか」

ユーリは一部だが前世の記憶を取り戻した。神聖なる戦いを汚された怒りに全身が震える。

「なにッ⁉ 【洗脳】が効かないだとッ⁉」

この時代には、アガレスの【洗脳】に耐えられる人間はいない。まさか効かないとは思いもしなかったので、アガレスは驚愕する。

「貴様ではない。他に犯人がいる」

転生を起こしたのはアガレスのような小者ではない。コイツの裏に黒幕がいる。ユーリはそれを理解した。

そして、記憶を取り戻したのはユーリだけではなかった。この場にいるもう一人も同じだ。

「なるほど、無粋なことをしてくれたものだ」

幼女のものではなく、蠱惑《こわく》的な女性の声だ。

ユーリは振り向きルシフェを見る。姿はルシフェだ。

しかし、その声、その気配は――

「ルシフェ……ルか？」

†

「ユリウスか。お互い、ずいぶんと変わった姿になってしまったな」

「記憶を取り戻したのか？」

「貴様もか？」

両者は視線を交わして確認する。

世界のために、雌雄《しゆう》を決さねばならぬ相手。

だが、お互いの心境を知ってしまったので、どちらも複雑な思いを抱いている。

先に視線を外したのルシフェルだった。

「貴様と話し合いたいところだが、その前に――」

ルシフェルはアガレスを睨みつける。

「同胞《どうほう》が迷惑をかけたようだな。不始末の責は妾が、魔王ルシフェルとして負おう」

「魔王だと⁉」

「ほう、妾を知らぬ魔族がおるとは、ずいぶんと眠っておったようだな」

その反応から、アガレスは当時生きていた魔族ではないことが判明する。

「消えよ」

ルシフェルの全身から黒い魔力が膨れ上がる。アガレスの濁った黒ではない。吸い込まれるような純粋な透き通った漆黒だ。

ルシフェルはアガレスに手を向け、魔力を放とうとした。もし、それが放たれていたら、アガレスは塵《ちり》と化していただろう。

だが――

「この身体では持たぬか。すまぬ」

ルシフェの幼い身体では、まだ『魔核』は動き出していない。無理矢理かき集めた魔力に身体が耐えられず、ルシフェルはその場に倒れる。

「気にするな。あとは余に任せろ」

「皇帝ユリウスの言ならば、安心できるな。ルシフェを可愛がってやってくれ」

そう言うと、ルシフェルは意識を手放した。

「フッ、驚かせやがって」

「ルシフェルほどではないが、余も万全とは言いがたい。それでも、貴様のような木《こ》っ端《ぱ》魔族は相手するまでもない」

ユーリは鼻で笑った。

「ルシフェルを知らぬということは、余のことも知らぬであろう」

白い魔力が膨れ上がる。

「冷酷皇帝ユリウスの戦いを見せてやろう」

ユーリの顔からスッと表情が消えた。そして短剣を構える。

「そんなチンケな武器で戦う気か？」

ユーリの短剣を見て、アガレスが嘲笑する。

「あまり人間を舐めるなよ」

人間は弱い。

身体は壊れやすい。

精神は脆《もろ》く儚い。

だからこそ、人間は武器を生み出した。

敵に立ち向かう勇気を得るため。

命を懸ける相棒として。

「ギャアアアア」

「どうした？　見かけ倒しか？」

ユーリの右手は血に濡れた短剣を握り、左手はアガレスの腕を掴んでいた。

「一本」

刹那、ユーリがアガレスの腕を斬り落としたのだ。斬られた本人すら気づかないうちに。

ユーリは無造作にアガレスの腕を放り投げる。

「精神魔法特化タイプか。戦闘はそれほどでもないようだな」

凍りつくように冷たい声。

身体はユーリでも、精神は冷酷皇帝ユリウス。

一切の躊躇も慈悲もない。

アガレスは痛みに顔を歪める。

「二本」

アガレスがなにもできないうちに、二本目の腕が斬り落とされる。

「ヒッ……」

アガレスの顔に恐怖が浮かぶ。

「三本」

アガレスの顔が絶望に染まる。

「たっ、助けてくれッ！」

「四本」

アガレスの命乞いも虚しく、ユーリは四本の腕を斬り落とした。

ユーリはアガレスに歩み寄る。

「まだ、チンケな武器だと言うか？」

アガレスは必死に首を横に振る。

「魔族を殺す。それができれば十分立派な武器だ」

ユーリはアガレスの頭を掴み、その首元に短剣を突きつけた。

「お前のボスは誰だ？」

「そっ、それは……」

アガレスが言い淀んだ瞬間——

「グアアア」

強烈な痛みがアガレスを襲い、全身が爆《は》ぜた。血と肉が飛び散り、部屋が赤く染まる。ユーリは自分についたそれを不快そうに払う。

「ご丁寧に【呪《のろ》い】までかけておるとはな」

アガレスの背後にいる魔族は、秘密を漏らそうとすると死ぬ【呪い】をかけていたのだ。

「ここまで慎重な魔族は……」

不意に、前世でユリウスとルシフェルに転生魔法をかけた魔族の姿が脳裏に浮かびかけたが——

「やはり、思い出せぬか」

あの場にいた一人の魔族。だが、その姿と名前にはモヤがかかったようで、思い出せない。

「だが、敵がいるのは分かった」

ユーリは寝ているルシフェを担ぐと、そのまま寝室を後にした。

部屋から出ると、クロードがやって来た。

「すべて終わりました」

彼は命じられていた通り、屋敷の者をすべて無力化し終えたところだった。

「余の方も終わった」

「この後は、いかがなさいますか？」

「余は知らぬ。シルヴェウスにでもやらせろ」

こうして、疫病騒ぎから始まった一連の陰謀は、ユーリによって粉砕された。

◆◆ 後日譚 ◆◆

ユーリは丘の上から、ハウゲン領都を見下ろしていた。

その後ろには、クロードが黙って付き従っている。

沈む夕日が、銀色の髪を赤く照らす。

「ルシフェは魔王ルシフェルだ」

「魔王ルシフェル？」

クロードは首をかしげるが、当の本人は彼の腕の中で、ぐっすりと眠っている。

「そうか、そなたはその記憶をまだ取り戻していないのだな」

前世の記憶をクロードと共有できないことに、ユーリはもどかしさを感じる。

「少女たちは？」

「ユーリ様のおっしゃる通り、『魔核』を抜かれておりました」

クロードの報告を聞き、しばらくしてから、ユーリが口を開く。

「余と魔王を転生させた魔族がおる」

その後ろ姿からは、感情を読み取れない。

「余と魔王の対決。そのときに生じた膨大な魔力を使い、余やそなたやルシフェを転生させたのだ」

「ということは……」

「その動機はまだ分からん。だが、今『魔核』を集めている理由は明らかだ」

その魔族が『魔核』から魔力を吸い出す技術を開発したに違いない。

「その魔力で何をするつもりかは分からんがな」

「それが幼子が攫われた理由ですね」

『魔核』が一生に生み出せる魔力量は生まれつき決まっている。

ゆえに、幼ければ幼いほどそれまでに使用した魔力が少なく、『魔核』からより多くの魔力を吸い出せる。

真の目的の隠《かく》れ蓑《みの》とするため、ハウゲンの幼児趣味が利用されたのだ。

「ユリアナが狙われたのも、優れた『魔核』を持っているからだ」

考えているうちに、ユーリはひとつの可能性に思い至った。

「今の人間の『魔核』が弱いのは、それが原因か？」

『魔核』もまた遺伝する。もし、その魔族が強い『魔核』を奪い続ければ、残るのは弱い者ばかり。

それが、何世代も続けば——

「せっかく生まれ変わったのだから、好きなように生きるつもりだったのだがな……」

転生を引き起こし、今でもなにかを企《たくら》んでいる魔族がいる。

「今世を楽しむには、前世のケリをつけねばならん」

魔王ルシフェルも、転生させた魔族も、『魔核』の謎も——喉に刺さった小骨のようなものだ。

「とはいえ、楽しむことも忘れるつもりはないがな」

その時、ユーリが振り返る。

銀色の髪がふわりとなびき、キラキラと光を映した。

「ありがとう」

ユーリはクロードに向かって頭を下げる。

その光景は、クロードの心を強く揺さぶった。

良くやった。

褒めてつかわす。

大義であった。

前世において、ユリウス帝の感謝は全て上から下へのものだった。

——いや、違う。ユーリ様は、ユリウス陛下は頭を下げなかったんじゃない。頭を下げられなかったのだ。自分たちが、陛下に頭を下げられないようにしたのだ。

「照れくさいな」

はにかんだ顔はクロードが初めて見る顔だった。

「そなたに『ありがとう』と告げるのは初めてだな。うん、良い気分だ」

初めての行為は、ユーリの心を温かくした。

「これからも余についてくるか？」

「どこまでも、お供いたしましょう」

「まだまだ、やってみたいことが山積みだ」

ユーリは嬉しそうに語る。

「料理を極めるのも楽しそうだし、薬草採取もやってみたい。店を出すのも面白いな」

そして、ユーリはおどけて言う。

「そうだな、恋をしてみるのも良いかもしれん」

どこまで本気か分からず、クロードは困惑する。

「そなたと二人、楽しく生きようではないか」

（ユーリおねえちゃん、わたしも忘れないでよ）

「いや、三人だったな」

「三人？」

ユリアナを知らぬクロードは、その言葉に首をかしげる。

そのとき、ルシフェがむずがった。

「おはよごじゃましゅ」

目をこすりながら、ルシフェも言う。

「ねえちゃ、るぅも」

「そうか、四人だな。いや」

思い出したかのようにユーリは呟く。

「ミシェル、アルス、アデリーナ、八百屋のおかみ、ローラン……」

ユーリは短剣を取り出す。

「これを作った匠《たくみ》がどうなるのかも見たい」

優しく短剣を撫でる。

「そうか。大切な人は、これからも増えていくのか……」

うんうんと、ユーリは満足気に頷く。

「よし、帰るぞ。さて、戻ったら何をしようか」

ユーリは未来に胸を弾ませる。

二度目の人生は、まだまだ始まったばかりだ——

月が導く異世界道中
Tsukiga Michibiku Isekai Dochu
あずみ圭
Azumi Kei
1～20
8.5
シリーズ累計
420万部の超人気作！
（電子含む）
TVアニメ第3期
制作決定!!
1～20巻
好評
発売中!!
コミックス
1～14巻
好評発売中!!
illustration：マツモトミツアキ
異世界へと召喚された平凡な高校生、深澄真。彼は女神に「顔が不細工」と罵られ、問答無用で最果ての荒野に飛ばされてしまう。人の温もりを求めて彷徨う真だが、仲間になった美女達は、元竜と元蜘蛛!?とことん不運、されどチートな真の異世界珍道中が始まった！
▶3期までに◀
原作シリーズも
チェック！
薄幸系男子の
成り上がり
ファンタジー、
開幕！
なんでだろう
親の都合で
異世界へ
待望の書籍化！
読者賞受賞作！
漫画：木野コトラ
【B6判】
あずみ圭
木野コトラ
とことん不運、されどチート!!
29万部
20巻 定価：1430円（10%税込）
1～19巻 各定価：1320円（10%税込）
14巻 定価：770円（10%税込）
1～13巻 各定価：748円（10%税込）

手乗りドラゴンと行く異世界ゆるり旅

～落ちこぼれ公爵令息ともふもふ竜の絆の物語～

さとう satou

このちび竜かわいいだけで役立たず？

WEB人気絶頂！
人と竜の間に生まれた奇跡の絆のファンタジー！
待望の書籍化！

ドラゴンをパートナーとして使役する竜滅士の超名門、ドラグネイズ公爵家に生まれた転生者、レクス。彼が相棒として授かったのは――かわいさだけが取り柄の、最弱竜だった!? そんなわけで、レクスは追放されることになったのだが、じつは彼としては好都合。というのも、転生前は異世界ラノベ愛好者だったので、貴族ならではのいざこざにも、面倒くさいトラブルにも巻き込まれない、のんびりスローライフができると、心をときめかせていたのだった。落ちこぼれ公爵令息ともふもふ竜が、観光に、グルメに、たまに冒険に、異世界を全力で楽しむ絆の物語、いざ開幕！

●定価：1320円（10%税込） ●ISBN 978-4-434-34517-3 ●illustration：ろこ

この作品に対する皆様のご意見・ご感想をお待ちしております。
おハガキ・お手紙は以下の宛先にお送りください。

【宛先】
〒150-6019 東京都渋谷区恵比寿 4-20-3 恵比寿ｶﾞｰﾃﾞﾝﾌﾟﾚｲｽﾀﾜｰ 19F
（株）アルファポリス　書籍感想係

メールフォームでのご意見・ご感想は右のＱＲコードから、
あるいは以下のワードで検索をかけてください。

アルファポリス　書籍の感想　検索

ご感想はこちらから

本書はWebサイト「アルファポリス」(https://www.alphapolis.co.jp/)に投稿されたものを、
改題、改稿のうえ、書籍化したものです。

前世《ぜんせ》は冷酷皇帝《れいこくこうてい》、今世《こんせ》は幼女《ようじょ》

まさキチ

2024年 9月 30日初版発行

編集－今井太一・宮田可南子
編集長－太田鉄平
発行者－梶本雄介
発行所－株式会社アルファポリス
〒150-6019 東京都渋谷区恵比寿4-20-3 恵比寿ｶﾞｰﾃﾞﾝﾌﾟﾚｲｽﾀﾜｰ19F
TEL 03-6277-1601（営業）　03-6277-1602（編集）
URL https://www.alphapolis.co.jp/
発売元－株式会社星雲社（共同出版社・流通責任出版社）
〒112-0005 東京都文京区水道1-3-30
TEL 03-3868-3275
装丁・本文イラスト－胡宮
装丁デザイン－AFTERGLOW
印刷－中央精版印刷株式会社

価格はカバーに表示されてあります。
落丁乱丁の場合はアルファポリスまでご連絡ください。
送料は小社負担でお取り替えします。

ISBN978-4-434-34510-4 C0093